ことのは文庫

神宮道西入ル

謎解き京都のエフェメラル

泉坂光輝

MICRO MAGAZINE

エフェメラル＝儚いもの

目次

平安神宮
無鄰菴
鹿ケ谷
神宮道
岡崎
南禅寺
青蓮院門跡
粟田口
知恩院
三条通
清水
清水寺

京都マップ

『謎解き京都のエフェメラル』の舞台

神宮道西入ル

謎解き京都のエフェメラル

主要登場人物

春瀬《はるせ》壱弥《いちや》……ぐうたら探偵

高槻《たかつき》ナラ《なら》……法学部の現役女子大生&助手？

大和路《やまとじ》主計《かずえ》……五条坂にある呉服屋の息子

春瀬《はるせ》貴壱《きいち》……壱弥の兄&消化器内科医

高槻《たかつき》匡一朗《きょういちろう》……ナラの祖父で弁護士

『姫百合と葵のひめごと』

大和路《やまとじ》都子《みやこ》……主計の母　呉服屋の女将

安立《あだち》葵《あおい》……ナラの友人　経済学部
第一章の依頼者

安立《あだち》桂《けい》……葵の兄で屋号は椿木屋

花田《はなだ》二葉《ふたば》……葵の友人　法学部

三枝《さえぐさ》……二葉のバイト先の女将

檀弓《まゆみ》樹《いつき》……二葉の異母兄

『青い宝石と海辺のソネット』

高槻《たかつき》匡奈生《まさなお》……ナラの父　検察官

倭文《しとり》源《はじめ》……第二章の依頼者

倭文《しとり》七海子《なみこ》……源の妻

倭文《しとり》優志《ゆうし》……源の弟

『たまゆらと思い出の帰る場所』

春瀬《はるせ》貴依《きえ》……貴壱の娘、8歳

春瀬《はるせ》律己《りつき》……貴壱の息子、3歳

藤原《ふじわら》義久《よしひさ》……玉響の飼い主
上代日本文学専門の元大学教授

大江《おおえ》茜《あかね》……藤原先生の娘　茶道教室の先生

立花《たちばな》……藤原先生の友人

玉響《たまゆら》……黒猫

姫百合と葵のひめごと

古都京都。

この町には美しいものが溢れている。

そう感じたのは、私がまだ祖父に手を引かれながら歩いていた幼少の時分。

当時は、目に映るもののほとんどが宝石のようにきらきらと輝いて見えたことをおぼえている。

それは、清流の水面《みなも》だったり、川辺で揺れるしだれ柳の葉だったり、そびえる神社の真っ赤な鳥居や雨後に濡れた石畳だったり。移ろう季節を写し取った上品な京菓子だってそのひとつだ。

春には桜が儚げに綻び、夏には祭りの提灯《ちょうちん》が夜空を染め、秋には鮮やかな紅葉が山を装い、冬には幻想的な雪化粧を望むことができる。そんな彩《いろどり》のある景色は、ずっと昔からひとびとに愛され、それを証明するように、町のいたるところには美しい景色を詠った和歌が残されている。

この町には今でもなお、都として千年もの時を巡った歴史が息づいているのだ。

だから私は、この京都という町が好きだ。

京都府京都市、東山《ひがしやま》区と左京《さきょう》区を境界とする場所に平安神宮と呼ばれる神社がある。

鮮やかな緑釉瓦《りょくゆうがわら》の屋根と、朱色の柱。人目を惹く華やかな色彩の社殿は、平安京の天皇の所在であった正庁「朝堂院《ちょうどういん》」を八分の五に縮小して復元したものである。

その手前にそびえる大鳥居を背景に、私は参道である神宮道《じんぐうみち》を何度も歩いたことがあった。神宮道は三条通《さんじょうどおり》を南に渡った直後から、多くの観光客が行き交う賑やかさを隠し、緑溢れる寺院に囲まれた路地へと変化する。

そんな静寂を纏う仄暗《ほのぐら》い路地から西に折れた小路に、大好きだった祖父が住んでいた。

祖父の名は高槻匡一朗《たかつききょういちろう》といい、この地では有名な弁護士で、自宅の一部に法律事務所を構え、多くの困った人を助けていたそうだ。

父が転勤を繰り返していた幼少期、私にとって祖父はとても大きな存在だった。

何度も訪れた法律事務所で、仕事をする姿を見ながら成長した私は、必然的に祖父への敬意と憧れを抱くようになった。そして今では彼のような弁護士になることを目標とし、京都にある大学の法学部へと通っている。

しかし、四年前の春。祖父はあまりにも唐突にこの世を去った。本当に姿を隠してしまったように、大切な事務所を残して病で急逝したのだ。

ゆえに、「高槻法律事務所」と掲げられていた入り口の木製看板はその場所から失われ、今では「あなたの失くしたもの、見つけます」と書かれた小さな木札が掛けられている。

それが、今はこの事務所には別の人物が住んでいることを示していた。

私はその人物のことを思い出し、小さく溜息《ためいき》をつく。

祖父から事務所を継いだ、探偵である彼のことを。

○

柔らかい陽光が降る初夏の午後だった。

全ての講義を終えた私は、学生たちが入り乱れるキャンパスを抜けて、法経済学部本館のかたわらにある駐輪場から真っ赤な自転車を引っ張りだした。車輪に絡まる鍵を解錠し、茶色いサドルに跨《また》がると、自宅とは真逆方向にある正門を抜けて、涼風が吹く東大路通《ひがしおおじどおり》を目指す。

東大路通は旧称を東山通という。それは京都市の東端にある主要な南北通のひとつで、多くの観光地を巡る路線バスの幹線道路ともなっている。

しかし、そんな賑やかな道でも、ほんの少しだけ小路を折れ景色を見渡せば、意外にも静かな場所が広がっているものだ。

たとえば、華やかな障壁画で有名な聖護院門跡《しょうごいんもんぜき》や、くろ谷《だに》さんとも呼ばれる金戒光明寺《こんかいこうみょうじ》。どんな場所でも、独特の空気感と静寂を纏う寺院は、賑やかな街の中にひっそりと佇んでいることがほとんどだ。

それと同じように、目的地である春瀬《はるせ》探偵事務所もまた、神宮道の片隅で息を殺すように潜んでいた。

爽やかな風を感じながら東大路通を下がり、途中で立ち寄った小さなお店で購入した差し入れの袋をぶら下げながら、辿り着いた事務所の門前に自転車を停めた。いつものように縦格子の戸を開き、サンダルのまま事務所へと上がり込む。

事務所兼住居でもあるこの建物は、少し変わった構造をとっている。

入り口の戸を開けてすぐに現れるこの場所が探偵事務所で、足元にはオークのフローリングが艶やかに広がっている。土足で上がるため靴箱は存在せず、奥の居住場所へと繋がる扉の向こう側に、本来の玄関が設けられていた。

事務所に彼の姿がないことを確認した私は、部屋へと続く扉を潜《くぐ》った。

薄暗い廊下を進んでいくと、そこにはいつも彼が寛いでいる部屋がある。黒いふかふかのソファーに、黒いテーブル、壁際には小さな棚とテレビ台が設置され、シンプルではあるが居心地はとても良い場所だ。

しかし、部屋を見回してみても、そこに彼の姿は見当たらない。私は彼の名を呼んだ。

「壱弥《いちや》さん」

耳を澄ましても、返事は聞こえない。事務所にも部屋にもいないとなると、考えられる場所はひとつ。祖父が大切にしていた書斎だ。

書類や雑誌で散らかったままのソファーに荷物を置いて、私は書斎の扉をゆっくりと開いた。

その瞬間、橙《だいだい》色の光が頭上にぱっと灯される。窓のない暗い空間に灯る優しいペンダントライトの光。壁一面を埋める本棚と、色とりどりの背表紙がその光に照らされてぼんやりと浮かび上がる。

書斎の中には、読書をするためのデスクが設けられてはいるが、そのデスクの明かりは灯されておらず、そばの椅子にも壱弥さんの姿はない。

縦に長い書斎の奥へと向かってゆっくりと足を踏み出した時、硬いような柔らかいような微妙な感触が足の裏へと伝わった。

驚いて足元を見下ろした直後、うつ伏せで倒れている人影が目に映った。

「わぁ！」

私は悲鳴にも近い声を上げた。

その尻を踏みつけたままの足を慌ててのける。しかし、硬い床に伏せたままの男性はぴくりとも動かない。見たところ、纏っている黒いパンツも白色のシャツもほとんど乱れてはいないようではあるが。

「……死んでる？」

「生きてるわ」

背中から這うような低い声が響いたかと思うと、やがてその身体《からだ》はもぞもぞと動き、仰向けに寝返りをうった。右手で乱れた黒髪を掻きわけ、覗く長い睫毛《まつげ》の目がゆっくりと開かれる。相変わらず、その白皙の面《おもて》は息を呑むほどに整っていた。

「壱弥さん？」

声の主を確認するように淡い琥珀色の瞳が滑らかに動き、私の姿を捉えると、彼は微かな声を上げ私の名を呟いた。

「なんや、ナラか」

「何してはるんですか、こんなとこで」

ごろりと床に転がったままの壱弥さんに呆れながら、私はデスクの明かりをつけた。

周囲には棚から抜き出した本が幾重にも積み重ねられており、ところどころが崩れるように折り重なって散らばっている。なかには開いたままのものもあって、おおよそは読書中に睡魔に負けてそのまま寝落ちたといったところだろう。

その散乱した本の海の中で、彼は溺れるように横たわっていた。

「もう、またいっぱい散らかして」

「散らかしてへん。後でちゃんと片づけるつもりや」

けだるげな声で言い訳を零しながら、壱弥さんは左手で眩しそうに目元を覆う。そして、ゆっくりと上体を起こした直後、静寂の中に小さな腹鳴が響き渡った。

「あかん、腹減った……やっぱり動かれへん」

間の抜けた腹の鳴き声に、再度床に倒れ込む。

「まさか、お腹減りすぎて倒れとったん？」

「そうや」

「嘘や……自宅で行き倒れるなんて聞いたことないですよ……」

溜息をついた私は、ここに来る前に購入した差し入れのことを思い出した。

ソファーに置いていた袋を掴み、書斎へ戻る。そして、まだほんのりと温かいおにぎりを彼に差し出した。

「どうせまた何も食べてへんのや思て、来る時に買ってきたんです。壱弥さん、いつかほんまに死にますよ」

「おおきに。でも、珈琲は飲んでるから死にはせんで」

恐らく、珈琲だけが大量にあったところで人は生き永らえない。

壱弥さんは、先ほどまでの無気力さを感じさせない滑らかな手つきでおにぎりの包装をほどく。そして、ふわふわのそれを口に含んだ瞬間、幸せそうに頬を蕩《とろ》けさせた。

壱弥さんには生活能力というものがことごとく欠如している。

料理は一切せず、掃除や洗濯も苦手。

気が向いた時にだけふらりと外食はするものの、それすらも億劫になれば昼間から惰眠を貪り、空腹を誤魔化しながら生きている。

また、進んで口にするもののほとんどが大好きな珈琲と和菓子だけで、栄養バランスなどといった言葉とは無縁の筋金入りの偏食家である。

だから私は、こうして時々様子を見に来ては手助けをしているのだ。

北白川《きたしらかわ》の自宅からは離れた場所であり、足を運ぶのは少し面倒ではあったが、祖父の大切な事務所がゴミ屋敷になるよりは随分とましな選択肢だった。

生気を取り戻した壱弥さんは、残りのおにぎりを片手にふらりとリビングに向かって歩いていく。後ろ姿を追いかけたその時、机上に乱雑に伏せられた数枚の紙が、窓から吹き込むそよ風にひらりと捲《めく》れ上がった。

「もう、こんなとこ置いとったら汚れますよ」

私は床に散らばった書類を拾い上げる。直後、壱弥さんの大きな左手が視界の隅からするりと現れ、それを軽やかに奪い取った。

「これは触ったらあかん」

おにぎりをぺろりと平らげた彼は、私を見下ろしながらにんまりと笑った。そして瞬く間に棚の中にある黒いファイルへと書類をしまった。

壱弥さんの仕事に対する姿勢は掴み所がない。

昼間から寝て過ごしているところをみれば、仕事に対する意欲がないものだと感じてしまうが、蓋を開いてみると、探偵としての噂は良いものばかりであった。

「失くしたものを見つけてくれるすごい探偵がいる」だとか、「捜索のスペシャリスト」だとか、「依頼完遂率ほぼ百パーセント」だとか。今まさにシャツの裾を捲《まく》り上げ、腹をぼりぼりと掻くおじさんくさい素行からはまったく想像もつかないのだが。

「さっきの、仕事の書類ですか」

「あぁ、大事な報告書や」

「壱弥さんもちゃんと仕事してはるんですね」

ややや皮肉を込めて呟くと、壱弥さんはお茶を啜りながら私を見やる。

「どういう意味やそれ」

「いっつも寝てはるし、仕事なくて暇なんや思てたんで」

「仕事がないんやなくて、仕事が早いねん」

ゆえに、大学を終えた私が訪問する頃には退屈を持て余しているのだと主張する。

彼のもとに依頼を持ち込むのは個人から法人まで様々で、「捜索」を掲げてはいるものの、扱う仕事は探偵業全般である。法人からの依頼といえば、データベースでのやり取りがほとんどで、事務所から出る必要もなくすぐに片づいてしまうらしい。

そのため個人依頼がない今、彼はとても退屈そうに日々を過ごしていた。

ふと、思い立ったように壱弥さんは声を上げる。

「人捜しでも宝探しでもなんでもええから、困ってる人いてたら連れてきてや」

「え、私が？　っていうか、宝探ししてどうするんですか」

反射的な突っ込みに、壱弥さんはひらひらと手をふって誤魔化した。

「まぁ、いてたらでええし、そういう人助けやと思て」

「仕事探してくるんも壱弥さんの仕事やろ」

「細かいことは気にせんと。もちろん安くするし」

都合の良いことを言っている気もするが、これ以上の言い合いは不毛だと感じ、私は溜息をついた。

「……ほな、ほんまに困ったはる人がいたら考えますね」

まんまと乗せられていることを自覚しながら。


層を重ねた夏の白い入道雲が、青空を彩る午後十二時半。

芳醇な珈琲の香りに包まれた大学のカフェテリアで、私は友人である葵《あおい》と向かい合うように座っていた。

彼女は中学生の頃からの友人で、この大学の経済学部に所属している。学部は異なるものの同じ棟内であるゆえに、彼女とは大学でも顔を合わせることが多い。

今日は彼女に「聞きたいことがある」と声をかけられ、昼食をともにすることになり、今に至る。しかし、先ほどから葵はずっと「大学の中で誰が一番かっこいいのか」という話に花を咲かせるばかりで、なかなか本題を切り出そうとはしない。

しびれを切らした私は、いまだにイケメンに思いを馳せる葵に尋ねた。

「そういえば、私に聞きたいことってなんやった？」

「え、なんやっけ？」

きょとんと首をかしげる葵に、私はがっくりとした。しかし、すぐに本題を思い出した様子で両掌《てのひら》を打つ。

「あ、そうそう。最近二葉《ふたば》のこと見てへんか聞きたかってん」

「花田《はなだ》さん？　そういえば会うてへんな」

「やっぱりなぁ」

私の返答に、葵はがっかりとした様子で眉を下げた。

彼女の言う花田さんとは、私と同じ法学部の三回生である。講義を軽視する傾向にある法学部においても、彼女は常に真面目に講義に出席している珍しい学生であった。成績も良く、どうやら私と同様に、ロースクールを目指しているらしい。

「なんかあったん？」

「うん、実は連絡が取れへんくてな。大学に来てるかだけでも知りたかってん」

「え、どれくらい連絡取れへんの？」

「二週間くらいかな。ナラが最後に二葉に会ったのっていつかおぼえてる？」

私は講義の風景をゆっくりと想起する。思い返せば、今月に入ってから花田さんと言葉を交わした記憶はない。

「ごめん、はっきり分からへんけど、もしかしたら先月末くらいかも」

私の返答に、葵は少しだけ困った顔を見せる。

「もし、嫌やなかったら捜すの手伝うてほしいねん」

「それはいいよ。とりあえず、ほんまに大学に来てへんのかも分からんし、法学部の人に聞いてみる？」

私が問うと、葵はぱっと表情を明るくした。

「ほんまに？」

「うん。私も心配になってきたし」

妙な気持ちになったのは事実だった。

二人はとても仲の良い友人で、いつも一緒にどこかに出かけている。

葵の様子をみれば喧嘩をしたわけではなさそうで、彼女の身に何かが起こったのではないかと考えてしまう。

葵とともにカフェテリアを後にして、法学部の教室に辿り着くと、私たちは複数の学生に彼女の行方を尋ねた。しかし、皆口を揃えて「会ってない」と答えるばかりで、有力な手がかりはひとつとして得られなかった。

そもそも、講義に出席している学生が少ないのだ。目撃情報も集まらないはずだ。

「ぜんぜんあかんやーん」

本館の中をゆっくりと歩きながら、葵は間の抜けた声で宙を仰いだ。

あまり信憑性の高いものではないが、目撃情報のひとつも得られないともなると、本当に大学に姿を見せていないという可能性が高くなる。

大学を休み、連絡が取れない期間が二週間。それだけで何かの事件に巻き込まれているという推論も否定は出来なくなるだろう。

花田さんははっきりとした顔立ちの美人で、人目を惹く華やかな容姿をしている。立ち振舞いはしとやかで、長い焦げ茶色の髪とすらりとした長身が大人びた印象を与えている。

そんな美人が行方不明であると考えると、無意識に胸がざわついた。

「もし、ほんまに花田さんに何かあったんやったらどうしよ。警察にも相談した方がええかな？」

私が小声で呟くと、葵は首をふってそれを即座に否定した。

「一応メッセージの既読はつくねん。そやし、事件ってことはないと思う。それに大学来てへんだけで怪しい情報もないから、もうちょっと調べてからの方がええかな。間違いやったら二葉にも迷惑かけるし」

彼女の言うことは一理ある。

連絡が取れないのは不安ではあるが、既読がつく以上、メッセージを確認できる状況であると考えるのが妥当だろう。それに大学に来ていない生徒など珍しくもないため、それだけで「事件」として警察に通報するわけにはいかなかった。

「じゃあ、もうちょっと捜してみる？」

「これ以上誰に聞けばええんやろ」

葵は首を捻りながら考え込む。

確かに、手あたり次第に法学部の友人たちに聞いて回ったのだ。これ以上どうやって探せばいいのかは私にも分からない。もしも人捜しが得意な人が近くにいたのなら、状況は変わるのかもしれないが——。

そう考えていた時、私はあることを思い出した。

暗い書斎の中で床に転がる長身の男性。さらりとした黒髪を乱しながら、静かに寝息を立てる姿が脳裏をよぎる。

「いてるわ、人捜しのスペシャリスト！」

「人捜しのスペシャリスト？」

「そう、知り合いの探偵さんやねん。暇そうやし、いっつも寝てるだけやで、相談してもええと思う」

その言葉に、葵の顔が明るくなった。

「そんな暇な探偵さんおるんや。よっぽど仕事ないんやな」

彼女はきらきらと瞳を輝かせ、残酷な台詞《せりふ》を吐いた。


それぞれの帰路を進む人々で溢れる午後六時頃。私は葵とともに探偵事務所を目指し、大学の正門から続く細い路地を真っ直ぐに歩いていた。

いつもと同じ道を進み、いつもと同じ場所を目指す。何ひとつ変わらないはずなのに、依頼を持ち込む、ただそれだけでこれから向かう場所が非日常的なもののように感じられる。

斜陽が差し込む探偵事務所は、どこか不気味な雰囲気を纏っていた。

私は鍵が開いたままの戸を静かに開く。その瞬間、室内の柔らかい空気が身体を包み込むように溢れだした。

「壱弥さん、お客さん連れてきましたよ」

私は昨日と同じように姿の見えない壱弥さんを探す。すると、すぐに返答の声が遠くで響いた。

「ちょっと事務所で待っってて」

いつもならば返事のひとつもないはずなのに。

そう思うと、やはりいつも私の声はしっかりと彼に届いているのだろう。ただ、訪問者が私だと分かって無視をしているのだ。

　葵を応接間へと通し、歩き疲れた足を休めるために柔らかいソファーへ腰を下ろす。

「探偵さんって、どんな人なん？」

　隣に座った葵は瞳を輝かせながら私に問いかける。

「どんな人って……普段はだらしないっていうか、とんでもないぐうたらで」

　言葉を続けようと思ったその時、ようやく扉が開き、噂をしていたばかりの彼が姿を見せる。その姿を目に映した私は一瞬だけ言葉を失った。

　皺《しわ》のない白いシャツには、涼しい水色のネクタイがきっちりと締められており、長めの前髪は整った顔を隠さないように綺麗に左側に流されている。

　その大人の男性を思わせる姿に、不覚にもほんの少しの間だけ見入ってしまった。

「……うわぁ、めっちゃイケメン」

　同じことを思ったのか、葵は壱弥さんを見上げながら感嘆の声を漏らす。ただそれも束の間のまやかしで、彼の本来の姿ではない。

　私は葵の目を覚ますべく、大きく首をふった。

「騙されたらあかんで」

「え、でも長身イケメンやん。憧れの大人の男性って感じやし」

「絶対憧れたらあかん類《たぐい》の駄目な大人や」

そう小さい声で呟くと、壱弥さんは私に視線を向け、ふっと口元を緩めた。聞こえていたのだろうかとも思ったが、その顔はすぐに元の無表情へと戻る。

「初めまして、探偵の春瀬といいます」

壱弥さんは葵に視線を向けると、滑らかな動作で一礼し、名刺を差し出した。白黒でシンプルなものではあるが、両面をそれぞれ日本語と英語で記された、どこか洒落《しゃれ》たデザインのものである。

「安立《あだち》葵です。今日はよろしくおねがいします。春瀬さんって、おいくつなんですか？」

名刺を覗き込んだ葵は、壱弥さんへの興味を全開にして質問を投げかける。

「今年で三十二です」

「え、三十代なんですか。二十代かと思いました」

「おおきに。まぁ、よう言われます」

確かに、彼は年齢よりも若く見える。と言うよりも、数年前に出会ってからほとんど年を重ねていないのではないだろうか。

葵は変わらず瞳を輝かせながら質問を続けていく。

「家はこの辺なんですか？」

「家はここです。この事務所の隣が普通の部屋になってて」

そう、壱弥さんは事務所の東側にある扉を手で示す。

「そうなんですね。ほな、彼女はいてるんですか？」

「彼女……ですか」

「っていうか、ナラとはどういう関係なんですか？　実は付き合ってるとか……！」

「あ、いや」

矢継ぎ早に投げられる葵の質問に、壱弥さんはあからさまに困った顔を見せた。

「まだそこまでは、って感じですか？」

「もう、葵！」

楽しそうに妄想を広げる葵を制するように、私は少し強めに彼女の名前を呼んだ。

「壱弥さんは私のお祖父《じい》ちゃんの知り合いで、この事務所を貸してるだけやから！」

「なんやぁ、やっぱり付き合ってへんの？」

「当たり前やん。年も離れすぎやし」

期待外れだというように、葵はがっくりと肩を落とした。

「とりあえず俺のことは置いといて、用件を聞かせてもらおか」

壱弥さんは小さく息をついたあと、机の上の黒い革の手帳を開く。そして瑠璃《るり》色の万年筆を左手に握ると、先ほどまでの無表情を少しだけ和らげた。

葵はようやく本来の目的を思い出したのか、はっとして私たちに謝罪した。そして、スカートの上で軽く拳を握ると、ゆっくりと話し始めた。

「ご相談したいのは、二週間前から連絡が取れへんくなった大学の友人のことです。電話にも出やへんし、メッセージも返信してくれへん。それに、先週の月曜日からは大学にも来てへんみたいなんです」

「原因に心当たりは？」

「ありません。あったら心配しません」

葵は眉を下げた。

「その友達はどんな子？」

「花田二葉といいます。法学部で、あたしたちと同じ二十一歳です。スマホで撮ったやつなんですけど、写真も持ってきました」

葵はここに来る途中でプリントした二枚の写真を壱弥さんに差し出した。

それは、先月に二人で「葵祭《あおいまつり》」に行った時の写真だという。着物で出かけた記念に撮った写真のようで、一枚は上半身のみを、もう一枚は全身を写したものであった。

涼しげな薄青地に飛び柄の葵文が描かれた着物姿の葵は、いつもと同じように満面に笑みを浮かべている。その隣に立つ花田さんは、薄鼠色の地に濃紅色の百合の花が印象的な着物を召し、控えめにほほえんでいた。

「綺麗な子やな」

「そうなんです。やから何か変な事件に巻き込まれてへんか心配で……」

なるほど、と頷いたあと、壱弥さんはもう一度葵に問いかける。

「でも、あの大学の法学部って出席点がないテストが全ての学部やろ？　大学に来てへん法学部生なんて全然珍しくもないんちゃう」

「いえ、二葉は今までの講義は全部出席してます。何も言わんと大学に来いひんなるなんておかしいんです」

「そうか。なら、理由もなく連絡が取れへんくなった友人の安否確認、ってところやな」

事情を汲んだ壱弥さんは、彼女の言葉をさらりと手帳に記していく。恐らくは、受けることができる依頼かどうかを見極めているのだろう。

世にはいわゆる「探偵業法」という法律があって、行《おこな》ってはいけない調査事項が明確に定められている。また、探偵は特別な権利を有さず、一般庶民と同等の権利のなかで調査を行うものとされている。

そのため、法律を犯す依頼ではないことを確認する必要があるのだ。

「その友人に最後に会うたんはいつや？」

壱弥さんは左手で瑠璃色の万年筆を走らせながら問う。

「二週間前の金曜日が最後です」

「ちょうど二週間か。試験期間ともずれるし、どっかに籠《こ》もって勉強してるってわけでもなさそうやな」

難しい表情で壱弥さんが告げると、葵は小さく頷きながら視線を落とす。

二人が最後に会ったのは金曜日の夕方、全ての講義を終えた直後だった。その時、少しの雑談をしたあと、花田さんは寄りたい場所があると言って、正門とは違う別の方向へと歩いていったそうだ。

ただ、その目的地がどこであったのかは分からない。

「ちなみに、彼女の家は知ってる？」

「はい。何回か行ってみたんですけど、二葉には会えませんでした」

「ほな、まずは彼女がちゃんと帰宅してるんかを調べる必要がありそうやな」

そう告げると、壱弥さんは立ち上がり、奥のデスクから書類を持ってくる。その用紙を葵に見えるよう机上に置くと、携えた万年筆で該当箇所にさっと線を引いた。

葵は紙を見つめると、丸い目をさらに丸くした。

彼が示した用紙には、一般的な人捜し調査の依頼金額が記載されている。ただ、それは学生にはとても支払える額面ではなく、甘くみていただけに血の気が引いた。

「人捜しの料金はかなり幅があるんやけど、今回のケースやとこれくらいが相場やろ。まぁ、今日は相談しにきただけやろ？　ちゃんと契約書にサインもらうまで対価は発生せんから安心して」

壱弥さんはさらりと言うが、葵は震える子犬のように首を横にふった。

「絶対無理……こんなん払えへん」

私は壱弥さんを睨む。

「あんだけ安くするって言うてたのに」

壱弥さんは想起するように視線を頭上へと移動させ一考すると、「あぁ」と零した。

「そうやったな。忘れてたわ」

そう、彼は万年筆を握り直し、先ほど提示したばかりの金額を二重線で消した。そして、とても綺麗だとは言えないいびつな筆跡で、新たな文字を書き込んでいく。

「――清洛堂《せいらくどう》の豆大福」

「え？」

低い声で呟かれた言葉に私は思わず声を上げた。

清洛堂とは、知恩院《ちおんいん》前にある老舗和菓子屋で、出不精の壱弥さんが唯一前向きに足を運ぶ、彼のお気に入りの店である。

季節に合わせた京菓子から定番の和菓子まで幅広く取り扱っているが、そのなかでも上品な甘さの餡を包んだ豆大福が一番人気の看板商品であった。

「まぁ、そうやな。八個入りくらいで我慢したるわ」

「でも対価ってお金じゃなくても良いんですか？」

「対価の内容については法律で定められてるわけじゃないからな」

修正を終えた見積書を葵に差し出すと、壱弥さんは落ち着いた声音《こわね》で言葉を続けていく。

「自分で捜すんやったら対価はいらんけど、困ってるからここに来てくれたんやろ？　契約書を交わさな調査もできひん、探偵業法に縛られた俺ができるんはこれくらいや」

「ほんまに良いんですか……？」

「たまには退屈しのぎに人助けするんもええやろ」

壱弥さんは気まぐれに呟いた。


すっかり暗くなった空を見上げると、取り巻く空気が、夏の夜の匂いを纏っていることに気が付いた。

門前まで見送りに出てきた壱弥さんと別れ、私たちは元来た道を引き返す。

真っ直ぐにのびる神宮道の先には、光に照らされた平安神宮の大鳥居が私たちを見下ろすように佇んでいた。

「なんか悪いことせんように、ずっと見張ってはるみたいやね」

葵は大鳥居を見上げながらそう呟いたあと、「でも綺麗やね」と笑う。

「そうかなぁ。私は神様に見守られてるようなあったかい気持ちになるかな」

「ナラらしいな」

葵はまた小さくほほえんだ。

三条通を渡った先にある東山駅の入り口の前で別れの言葉を交わし、手をふり合ったあと、葵はどこか安心したような表情で階段を降りていく。

やがて、彼女は暗闇へと吸い込まれるように姿を消した。

○

どんよりとした雲の多い空が今にも崩れ落ちそうに揺らぐ朝だった。

今朝の天気予報では降水確率は二十パーセントと示されてはいたが、天井を覆う厚い雲を見ていると、傘を持参しなかったことを少しだけ後悔した。

約束の時刻よりも少し早く事務所を訪れた私は、部屋のソファーに埋もれる壱弥さんに声をかけた。かろうじてベッドから脱出したものの、残る睡魔に負けて再び力尽きたのだろう。

肩を揺すりながら呼名すると、長い睫毛の目がうっすらと開かれた。

「おはよう……」

ぼんやりと目を擦りながら、壱弥さんは大きな欠伸《あくび》を零す。

「十時ですよ、そろそろ起きてください」

「えー……あと五時間……」

そう、うつぶせでソファーに溶けようとする彼を慌てて叩き起こす。

「今日は調査するって言わはりましたよね。あと五時間も寝てたら一日終わってしまいますよ！」

そのまま彼が枕にしているクッションを奪い取る。すると、壱弥さんはどこか不満げにむくりと起き上がった。

癖のないはずの黒髪は、重力に逆らうように乱れている。

昨日、葵との仮契約を結んだあと、彼は本日の調査についての話を聞かせてくれた。契約とはいってもそれは上辺だけのもので、実際は彼の気まぐれな好意によるものである。

ゆえに、出来る限り私たちも彼に協力することで話は纏まった。

ただ、葵は休日のほとんどが家の用事や、お茶の稽古で外せないことが多いそうだ。そのため、本日は壱弥さんと私だけで調査を行う予定だった。

「もう、壱弥さん！」

「うぅ……分かった……。準備するから……」

まだ寝惚け眼ではあったが、壱弥さんはソファーから立ち上がると、ふらりと洗面台のある部屋へと消えていった。

それから二十分ほどが経過した時、身形《みなり》を整えた彼が姿を見せた。

白いシャツに紺色のネクタイを締め、上から同系色の青いジャケットを羽織っている。

パンツは淡いグレーのスラックスで、足元はネクタイと同じ紺色の靴下である。髪もきっちりと整えられ、目も当てられないほどの緩さはどこかへ消えてしまっていた。

「……切り替え早すぎませんか」

「はぁ、おまえが急かしたんやろ」

「そやけど」

彼は理解出来ないと言わんばかりに首を捻ると、机に置かれたままのスマートフォンを掴み上げ、ジャケットの内ポケットへとしまう。そして車の鍵を握り、つい先ほどまで溶けていたとは思えない軽やかな足取りで玄関へと向かった。

私たちが目指す場所は左京区高野蓼原町《たかのたではらちょう》、葵から聞いた花田さんの下宿先である。とても小さな年代物のアパートではあるが、外壁は淡い空色に塗り直され、可愛らしい見た目の建物であるそうだ。

車を走らせ、百万遍《ひゃくまんべん》交差点を過ぎたところで御蔭通《みかげどおり》を左折する。そして、橋の手前を曲がり、静かに停車した。

市街地より少し外れたこの場所は、とても静かな住宅街である。

近くを流れる鴨川《かもがわ》まで歩いてみると、そこには緑豊かな公園や河川敷が広がっている。なかでも、賀茂川《かもがわ》と高野川《たかのがわ》が合流する「鴨川デルタ」とよばれる三角洲は、憩いの場としていつも大勢の人で賑わっていた。

見上げたアパートは、想像よりもずっと鮮やかな空色だった。

「彼女の部屋は二〇一やったな」

白く塗装された鉄の階段を上り、二階部屋の玄関が並ぶ筋を歩く。目的の部屋に到着すると、壱弥さんはすぐにインターホンを鳴らした。

しかし、どれだけ待っても返事はない。

休日の昼間ゆえ、どこかへ出かけているだけなのかもしれない。そう思ったが、壱弥さんは口元に手を添え、難しい顔をした。

「何かありましたか？」

「もしかしたら、彼女はもうここに住んでへんかもしれへん」

その唐突すぎる言葉に、私は戸惑った。

綺麗な白色の扉はとてもシンプルな造りで、特に違和感のある点はないように思う。備えつけのポストにも真新しいマンションの広告が一枚ねじ込まれているだけで、郵便物が放置されている形跡も見当たらない。

一見して、外出による不在としか思えないが。

しかし、壱弥さんがその広告を抜き取った時、ポストの口が頼りないシールで塞がれていることに気が付いた。私は思わず声を上げる。

「やっぱりな」

広告を戻すために口を押してみると、固定が頼りないせいで簡単に隙間が出来る。そこに無理やり広告が差し込まれたのだろう。

「でも、この広告がなかったらさすがに葵も気付きませんか？」

「多分、それは彼女が出ていったのがごく最近やからやろな。賃貸は退去後にハウスクリーニングが入るのがふつうやけど、完了するまで早くても一週間くらいはかかる。やから、ポストのシーリングもここ数日の話なんやろ」

なるほど、とは言ったものの、彼女へと繋がる手掛かりがひとつ消えたことになる。

「じゃあ、花田さんの居場所はどうやって捜したら……」

落胆する私を見た壱弥さんは、ふっとほほえんだ。

「別に空振りってわけでもないし、彼女の無事を証明する大事な情報や」

「それって、どういう意味ですか？」

「退去してるってことは、自分の意思で出ていったってことやろ。突発的な事件に巻き込まれて行方不明になってる可能性は低いってことや」

その言葉を聞いて、ようやくその重大さに気が付いた。

しかし、事件ではないということは、同時に親友である葵との連絡を断っているのも彼女の意思だということになる。

私はなんとも言えない気持ちを抱えながら、静かに階段を下っていく壱弥さんの背中を追いかけた。

　車のそばに戻ると、壱弥さんはジャケットの内ポケットからスマートフォンを取り出した。そして、右手でゆっくりと操作する。気になって画面を覗き込むと、そこにはこの周辺の地図が映し出されていた。

　よく見ると、現在地から道路を挟んだ二軒先の住宅にチェックが施されている。

「ここは？」

「大家さんの家や。裏取りにいくで」

　そう、壱弥さんは颯爽と歩き出した。

　彼は動き始めてからの行動が恐ろしく早い。仕事が早い、と自賛する言葉はあながち間違ってはいないのかもしれない。しかし、動き始めるまでにかかる時間がとんでもなく長いために、仕事の効率が良いと言えるのかはさっぱりである。

　門のそばに設置されたインターホンを押してからほんの数十秒、大家さんと思しき中年の女性が姿を見せた。

「どちらさまですか」

　かけられた言葉に、壱弥さんは好青年を装う爽やかな笑顔で、女性に向かって丁寧に頭を下げる。

「探偵の春瀬と申します」

その柔らかく響く低い声と、整った容貌を前に、女性はかすかに頬を赤らめた。きっと、女性の気を許すための彼の策略なのだろう。彼の笑顔は今までに見たことがないくらい、きらきらと輝いている。

「探偵さんが、うちに何のご用ですか？」

その返答に壱弥さんが事情を説明すると、彼女はすぐに状況を呑み込んだようだった。

「二葉ちゃんなら、先週の月曜日に出てかはったわ。なんでも、お母さんの病気が良くないから実家のある岡山に戻るとかで。大学も休学するって言うてはったし、よっぽどなんちゃうかな」

それが事実なのであれば、彼女の身辺は決して穏やかではないはずだ。だとすると、連絡がつかない理由も理解できる。

「それはご本人が？」

「ええ、もちろん。二葉ちゃんは優しいええ子やったしな。引っ越しの時は女の人と一緒にうちまで挨拶にきてくれはったんやで」

壱弥さんの目が少しだけ鋭くなった。

「その女性というのは？」

「さぁ。初めて会った人やったし誰かは分かりません」

大家さんはぼんやりと頭上を見上げ、当時のことを思い出しながらゆっくりと話す。

「そうですか。では、その女性の特徴はおぼえてませんか？」

「まぁ……五十歳くらいの人で、白百合が綺麗な着物着てはったくらいやな」

その言葉を聞いた壱弥さんは視線を手元に落とした。ほんの一瞬だけ何かを考え込む仕草を見せたかと思うと、壱弥さんは顔を上げる。

「おおきに、ありがとうございます。また何か思い出したことがあればこちらにご連絡いただけると助かります」

名刺を差し出しながら、彼はもう一度爽やかな笑みを零した。


彼の車に乗り込むと、降りだした雨がぽつりぽつりとフロントガラスにいびつな水玉模様を作り出した。雨足は次第に強くなって、目の前に広がる視界をも曇らせていく。

「降ってきたな」

彼は暗く澱《よど》む空を見上げながら、困ったように眉を下げた。

「雨は嫌いですか？」

「いや別に。天気が悪いと気が滅入ることはあるけど」

彼の車は元来た道を辿り、軽やかに事務所へと到着した。

事務所の扉を潜るなり、壱弥さんはネクタイを緩め、ジャケットを脱ぎ捨てる。そしてすぐにパソコンの電源を入れた。

「まだ仕事するんですか？」

「あぁ、あとちょっとな」

思えば、依頼は解決したわけではなかった。

花田さんが実家に帰っていることが判明しても、その情報の裏を取る必要がある。そして、探し出した実家の連絡先を葵に伝え、初めて契約上の依頼を完遂したことになる。

ゆえに、壱弥さんは最後の仕上げをしようとしているのだろう。

「やっぱり、花田さんは実家にいるんでしょうか」

「大家さんの言葉通りであれば、状況の辻褄《つじつま》も合うし、そのはずやろ」

私は氷を入れたグラスにアイスコーヒーを注ぐ。椅子にも座らず、屈んだ状態でパソコン画面を覗き込んでいる壱弥さんにそれを差し出した。

「ありがとう」

彼は左手でマウスを動かしながら、右手で受け取ったアイスコーヒーに口を付ける。ほんの僅かに動きを止めたかと思うと、静かにグラスを置いた。

「これは、どういうことや……」

明らかに怪訝《けげん》な顔で、壱弥さんは溜息を漏らすように呟いた。

「どうしましたか？」

「あぁ……実は、昨日のうちに彼女が実家におるか調べてもらうように岡山の探偵と連絡を取ってたんや。それで届いてた調査報告のメールを見たんやけど」

その口調は、どこか憂いを帯びる。

彼は画面に示された調査報告書をじっくりと眺め、再び深く息を吐いた。

「実家は岡山で間違ってへんみたいや。でも、その家には誰も住んでへん。しかも同居してた身内は母親だけで、その母親は半年前に病気で他界してるって」

それは先の調査結果を崩壊させる事実であった。

「それじゃあ、花田さんが大家さんに言ったことは嘘ってこと……？」

「そういうことになるな」

壱弥さんは眉をひそめながら椅子に腰を下ろす。そしてメールの返信タブをクリックし、速やかに返送文書を打ち始めた。

「信頼できる探偵やから、調査内容が間違ってることはまずないやろうし」

「そしたら、また調査やり直し？」

私の言葉に、壱弥さんは静かに首を横にふる。

「その前に、現状で辻褄が合わへん部分がないか考えてみる」

「どうやって？」

「記憶を辿る」

話をしながら書き終えたメールを送信すると、壱弥さんは視線を落とし、左手を口元に添えた。集中力を高めるためなのか、外の情報を遮断するようにゆっくりと瞼《まぶた》を閉じる。

彼がどのようにして記憶を辿っているのかは分からない。恐らく記憶にある映像が流れるように頭の中を巡り、その端々を繋ぎ合わせていくような感覚なのだろう。

邪魔をしないようにと、私が応接用のソファーへと腰を下ろした直後、彼は何かを得た様子で顔を上げた。

「やっぱり百合か」

呟かれた花の名前に、私は先のことを思い浮かべた。

引っ越しの際に同伴していた着物の女性。それが彼女へと繋がる有力な手掛かりになっていることは間違いない。

ただ、その女性が誰であるのか。そこが謎に包まれたままだ。

花田さんの母は半年前に他界しており、同居していた身内は他にはいない。ゆえに、現時点で女性に関する情報はたったひとつ。——百合の着物なのだ。

壱弥さんはするりとデスクの脇を抜け、私と向かい合うように席に着いた。右手に握っていたアイスコーヒーのグラスを机に置く。

「葵ちゃんにもらった写真の彼女も百合の着物やったやろ。偶然なんかはしらんけど、関係してる可能性もゼロではないと思う」

「確かに、百合の着物着てる人ってあんまり見ませんもんね」

「それは分からへんけど、他にも気付いたことがあってな」

壱弥さんはにんまりと笑った。

「俺の推理が正しければ、葵ちゃんはいくつか嘘ついてるし、隠してることもあると思う」

「えっ」

余りにもさらりと告げられた推理に、私は思わず声を上げてしまった。

――葵が嘘をついている。

その言葉に、彼女の言葉を思い浮かべてはみるが、どれが嘘であったのかなんて見当もつかない。

壱弥さんですらその場で気付くことができなかったのであれば、小さな違和感が重なってようやく綻びをみせた程度なのだろう。

「いずれにせよ花田さんの居場所が分からへんのは変わらんし、まずは百合の着物について調べるべきやな」

「でも、着物について調べるって難しくないですか？」

「着物に詳しい古い知り合いがおって」

そう告げると、ソファーの背に放り投げられたままのジャケットを拾い上げ、ポケットからスマートフォンを取り出した。画面をタップしながら、彼は一度手を止める。

「ほんまはあいつの手はあんまり借りたくないんやけど、まぁ……着物に関しては一番頼りになるからな」

壱弥さんは自分に言い聞かせるように呟くと、スマートフォンを静かに耳に当てた。

○

陽が高く昇り始めた正午前。一晩中降り続いていたはずの雨は綺麗に上がり、雲間には青空が鮮やかに広がっていた。

湿り気を残す地上には、夜の嵐が通り過ぎたばかりのように、点々と水溜まりが形成されている。背の低い庭木には、スカイブルーの紫陽花が花飾りのように彩っていた。

本日は午後から壱弥さんとともに、彼の知り合いである呉服屋を訪問する予定になっている。

呉服屋は五条坂《ごじょうざか》にあり、彼いわく京都でも有数の老舗であるそうだ。

五条坂と言えば、東大路通から清水寺《きよみずでら》へと続く清水道《きよみずみち》に交わるまでの坂道を示し、幕末から変わらず存在するという清水寺への参詣道のひとつである。今でこそ観光客の多い通りとなってはいるが、明治時代末期までは一帯を竹林が覆っており、あまり参詣道として利用する人はいなかったそうだ。

約束の時刻の三十分前。事務所を発った私たちは五条坂を目指して歩いた。

「壱弥さんって、着物着るんですか？」

隣を歩く長身の壱弥さんを見上げると、彼は怪訝な顔をした。

「いや、着いひんけど。なんで？」

「呉服屋さんと知り合いっていうたら、行きつけなんかなぁと思って」

とは言うものの、日本人離れした顔立ちの彼に和服のイメージは少しも湧いてこない。

「ちゃうわ。そこの女将《おかみ》さんとうちの両親が同級生で、古い付き合いやねん。今から会うんは跡取りの息子のほうや」

涼風が抜ける五条坂をゆっくりと上っていく。周囲には土産物屋や和菓子屋、清水焼の店が立ち並び、日曜日の清水はとても賑やかであった。

壱弥さんはカーキ色のパンツに白いティーシャツといったカジュアルな服装で、自宅のソファーで溶けている時と変わらず緩んだ表情をしている。

やや勾配の急な坂道を真っ直ぐに歩き続け、清水道に交わる少し手前、ようやく木製の看板に金箔文字で「大和路《やまとじ》呉服店」と記された店舗が姿を見せた。

外観は黒塗りの木造建築で、すっきりとした店先が独特の高級感を漂わせている。

屋根の下から垂れ下がる生成《きな》り色《いろ》の布幕には、黒い文字で「きもの」と書かれ、いつもならば立ち入ることのない場所であることを改めて認識させた。

私は高鳴る胸を落ち着かせるよう深く息を吐くと、壱弥さんに続いて硝子《ガラス》の入り口を潜った。直後、冷えた空気がふんわりと全身を包み込んだ。

「おこしやす」

柔和な京言葉で、クリーム色の着物を纏った上品な女性が私たちを迎え入れた。

彼女は壱弥さんの姿に気付き、嬉々とした様子でこちらに近づいてくる。

「いっくん、よう来はったなぁ。久々に顔見せてくれるって聞いて、嬉して嬉してずっと待ってたんやで。元気したはる？」

「はい、俺は元気ですよ。都子《みやこ》さんは？」

「元気元気！」

都子さんと呼ばれた小柄な女性は、先ほど話していた呉服屋の女将さんであるそうだ。

広い店舗には多くの反物が並び、ところどころには季節に合わせた旬の柄を使ったコーディネートが展示されている。

周囲を見回していると、都子さんが柔らかくほほえんだ。

「確か、ナラちゃんやっけ？」

「はい、高槻ナラと言います。壱弥さんには前からお世話になってて……」

「あらら、お世話してるの間違いやろ」

都子さんがへらりと笑いながら告げた瞬間、壱弥さんが吹きだした。

「都子さん」

「あーでも、見た目だけは両親によう似て男前やしなぁ。お世話したくなる気持ちは分かるわぁ」

褒めているのか褒めていないのかよく分からない言葉に、壱弥さんは苦笑を零す。そして、「見た目だけは余計やわ」と誤魔化した。

「そういえば主計《かずえ》は？」

「主計ならもうすぐ帰ってくると思うけど」

当初の目的を思い出したように、都子さんは両手を打つ。

「あ、ほら」

彼女の視線を辿ると、正面にあるウインドウディスプレイの向こう側に、着物姿の若い男性が映った。彼は大きな箱を両手で抱えたまま入り口の戸を器用に開き、ゆっくりとこちらに向かってくる。

開いた戸の隙間から吹き込む温《ぬる》い風に、灰鼠《はいねず》の羽織がふわりと翻った。

黒の万筋小紋《まんすじこもん》の着物に合わせられた角通《かくとお》しの羽織——江戸小紋で統一されたシンプルなコーディネートの中に映える深いブルーの角帯が、伝統文様特有の渋さに加え、どこか若者らしいモダンさを醸し出している。

「ごめんな壱弥兄さん、遅なってしもて」

「ええけど。それより兄さんって呼ぶなってなんべんも言うてるやろ」

「え、でも兄さんは兄さんやし」

主計さんと呼ばれた彼は不思議そうに首をかしげた。

「兄弟に間違われてもかなんやろ」

「ええやん。昔からの付き合いなんやし」

彼はへらりとしながら私のそばを通り過ぎ、抱えていた箱を座敷へと下ろす。そして、少し乱れた栗色の髪を手で直すと、静かに顔を上げた。

「ナラちゃん……やったかな。噂は壱弥兄さんからよう聞いてるで」

柔らかい言葉遣いと、女性とも見紛う綺麗な顔が都子さんとよく似ている。

「噂……ですか」

「うん、想像してた通りの子やわ」

主計さんは何かを思い出した様子でくすくすと笑う。どんな噂なのか教えてはくれないが、壱弥さんの言うことだけにあまり良い予感はしない。

「僕は大和路主計、よろしゅう」

そう、彼は目をすっと細め静かにほほえんだ。

主計さんに促され、私たちは案内された奥の座敷で腰を下ろした。

主計さんは着物の裾を引き上げるように摘まみ、膝の後ろで静かに布を払うと、私たちの前に正座する。滞りのないその所作がとても美しい。

「早速やけど、僕に聞きたいことって何？」

彼の直球な言葉を受けて、壱弥さんはゆっくりと口を開いた。

「百合の着物について調べてるんやけど」

「百合？」

「あぁ、仕事の関係でちょっとな。何か分かることがあったら教えてほしいねん」

質問が漠然としすぎているせいか、主計さんは眉をひそめる。しかし、壱弥さんが差し出した二枚の写真を覗き込んだ途端、はっきりと顔色を変えた。

「姫百合《ひめゆり》の着物か、珍しいな」

「珍しいんですか？」

私が問いかけると、主計さんは静かに頷いた。

花田さんの着物に描かれた濃紅色の花は「姫百合」というそうだ。

「百合」といえば、一般的には鉄砲百合やカサブランカなど、祝いの席にも使用される純白で華美な品種を思い浮かべることが多い。

しかし、姫百合はそれらとは異なって特有の筒状の構造を取らず、花の大きさも五センチ程度とかなり小さい。山野に秘めやかに咲く花は、その名の通り可憐ではあるものの、決して華やかなものではない。

ゆえに、着物文様として描かれること自体が珍しいのだろう。

「姫百合やって判断できる文様で考えたら、アンティークではほとんどないんちゃうかな」

「これってアンティークなんですか？」

「うん、そうやと思う。そもそも百合は着物文様の中でもちょっと特殊でな」

「特殊？」

壱弥さんは、主計さんの言葉を問い返す。

「例えば……桜の着物ってよく見ると思うけど、その桜のほとんどが実際の花よりもパターン化されたデザインやろ」

ゆっくりと言葉を選びながら話す主計さんは、座敷に手をついて滑らかに立ち上がる。

そして、店に並ぶ反物の中のひとつを手に取ると、私たちの前にそれを転がした。

涼しげな淡い水色に、散らされた桜花が可愛らしい小紋と呼ばれる反物である。

「これは実物ほどのリアルさはない文様としての桜やけど、写真の百合はどちらかというと写実的やと思わへん？」

「あ、確かに」

彼の説明はとても分かりやすいものだった。

数多《あまた》ある着物文様のほとんどは、植物や動物、吉祥を表すものを意匠化したデザインである。しかし、百合は古くから観賞用として親しまれた花であるにもかかわらず、なぜか文様化されることは少なく、稀《まれ》に描かれたとしても写実的なものが多い。

大正期以降になると、しばしば文様化されるようにもなったそうではあるが、やはり花は意匠化されずに描かれ、華やかで西洋的な文様として親しまれていたという。

「ちなみに、今の着物は袖丈が一尺三寸——四十九センチのものがほとんどなんやけど、アンティークって呼ばれる昭和初期以前のものやと、普段着でも若い子ほど袖丈を長く誂える傾向にあってな。多分、写真の着物やと五十九センチくらいはあるやろな」

つまり、写真の百合の着物は袖丈が十センチほど長いため、百合文様が流行した大正期頃のアンティーク着物だと推測されるということだ。

主計さんは二枚の写真を隣り合わせに座敷へと並べる。

「あと、多分この着物はこの子のもんちゃうと思う」

「なんでですか?」

「細身やし、おはしょりはなんとか出せてるけど、裄《ゆき》が合ってへんやろ」

そう、彼は写真の中の袖口を指で示した。

「おはしょりって何や?」

さらりと告げる主計さんに、壱弥さんは難しい顔で問い返す。

「女性の着物でいう、帯の下にくる折り返しの部分のことやで。裄は背縫いから袖口までの長さのこと。兄さん、ほんまに着物に興味ないねんな」

　少しだけ残念そうに、主計さんは呟いた。

　主計さんいわく、写真の着物は花田さんの身長よりも随分と身丈の短いものではないかと想像できるそうだ。

　当然のことながら、着物は本人の身体に合わせて誂える。ゆえに、この着物は人から借りたものであるか、もしくは古着なのではないかということだった。

　隣で静かに彼の話を聞いていた壱弥さんが、はっと視線を上げた。

「やっぱり、百合の着物の女性か」

　小声で紡がれた言葉を耳に、私はようやく気付く。

　花田さんの着物が借り物であるとするならば、引っ越しの際に同伴していた女性に借りた可能性が高いということだ。

「百合の着物の女性？」

「五十歳くらいで、百合の着物が好きな人がいるとか聞いたことないか？」

　少し強引とも言える壱弥さんの質問に、主計さんは手を口元に添えて考え込む。

　やはり、そんな都合よく見つかるはずもないだろう。そう思った直後、主計さんが心当たりのある様子を見せた。

「アンティーク着物が好きで、百合文様ばっかり誂えはるひとなら常連さんにいてるけど」

「ほんまに」

「うん。花見小路《はなみこうじ》の元置屋でお店してる女将さんや。難しい注文ばっかりしてきはるからいっつも苦労してんねん」

主計さんは彼女の姿を思い浮かべているのか、視線を頭上へと遊ばせながら苦笑した。

「そのひと、三枝《さえぐさ》さんって言うねんけど」

「……なるほど。それで百合ばっかりなんやな」

続く彼の言葉を聞いた壱弥さんは、ようやく腑に落ちた様子で頷いた。

一体、何が「なるほど」なのだろう。抱いた率直な疑問をぶつけると、主計さんがフォローする。

「百合は三枝花《さえぐさのはな》って呼ばれることもあって、名前にちなんで百合文様ばっかり誂えてはるってことやで。そういう人、結構いてるし、別に珍しいことではないんやけど」

改めて説明を聞くと、確かに納得のできるものであった。

柔らかい声音で言葉を紡ぐ主計さんは、広げたままの反物を拾うと、両手の指の中で転がすように回転させながらそれを巻き取っていく。そのしなやかな指の動きと、正絹特有のしゃらしゃらとした衣擦《きぬず》れ音がとても美しい。

反物を巻き終えた彼は、今度は座敷に並べていた写真を手に取った。

「そういえば先週、三枝さんがうちに来はった時、若い女の子も一緒やって……髪型も印象もちゃうけど、もしかしたらこの子やったんかもしれへん」

そう、写真を壱弥さんへと差し出す。

主計さんの言葉に、壱弥さんは目を見張った。

「じゃあ、この子が三枝さんと一緒におったってことか？」

「ほんまにその子やったか分からへんけど、似てるとは思うで。でもちょっと訳ありっぽい感じやったし、深くは聞けへんかったんやけど」

三枝さんは女の子の着物を誂えたいと言って、この店を訪れたそうだ。

女の子は、長い髪を真っ直ぐに胸元へと垂らし、ごくふつうのシンプルな紺色のワンピースを纏っていたという。反物を選ぶ時でさえ、彼女は暗い表情のまま俯いているばかりで、ほとんど口を利くことはなかった。主計さんはそう告げた。

ただ、三枝さんが彼女に葵文の反物を薦めた時、初めて彼女は顔を上げた。そして、大きな目を潤ませながら、はっきりとした声で言ったそうだ。

葵は嫌だ、と。

事務所に戻るために呉服屋の外へ出ようとしたその時、私のすぐ後ろで電話の鳴る音が響き渡った。壱弥さんは面倒くさそうな表情を見せたあと、ポケットからスマートフォンを摘まみ出す。

画面を目にした直後、彼は色を正した。

「はい、春瀬探偵事務所です」

どうやら事務所の固定電話宛ての着信らしい。

壱弥さんは私の脇をするりと抜けて、店外へと出ていく。私はそのまま店の中で彼が通話を終えるのを待つことにした。

手持無沙汰になった私に気が付いたのか、主計さんが声をかけてくれた。

「ナラちゃん。さっき仕入れてきた綺麗な簪《かんざし》があるんやけど、見てかへん？」

彼はくっきりとした二重瞼の目を細め、私にほほえみかける。小さく頷くと、主計さんは店内の反対側へと案内してくれた。

それは、透きとおる艶《あで》やかな花があしらわれた細い金色の簪であった。

花弁の一枚一枚が薄い硝子のようなもので作られ、照明の光によって宝石のような煌《きら》めきを放つ。息を呑むほどの美しさを秘めた簪は、今までに見たことがないくらい繊細で華やかなものだった。

薄桃色の可憐な桜や、青と紫が混ざり合う金平糖のような紫陽花《あじさい》、落ち着いた上品さを纏う藤《ふじ》、美を象徴する純白の芙蓉《ふよう》、甘い香りを連想させる金木犀《きんもくせい》、華やかな紅色の牡丹《ぼたん》。

どれも目移りしてしまうくらい魅力的だ。

「清水寺の近くに簪作家さんがおってな、全部手作りの一点ものやねん」

その職人さんが手がける簪は、いつもすぐに完売してしまうほど人気なのだという。

主計さんは丁寧に飾り台から紫陽花の簪を抜き取ると、私の髪にそれを添える。彼のしなやかな手の動きに合わせ、耳元でしゃらりと音を立てた。

主計さんは私を見下ろしながら静かに笑う。

「うん、やっぱりナラちゃんには青色が似合うと思ってん」

「紫陽花は私も好きです」

「よかった、簪に合わせて着物のコーディネートするんも楽しそうやな」

手渡された簪をゆっくりと頭上に翳してみると、入り口から差し込む柔らかい光に照らされて、青紫色のグラデーションが揺らめいた。

直後、その光が遮られる。視線を外に向けると、ようやく通話を終えた壱弥さんが店の入り口を潜ったところであった。

「ごめん、待たせたな」

「いえ、お仕事の電話やったんですか？」

彼は「あぁ」と頷きながら、手にしていたスマートフォンをポケットへとしまう。

「今から新大阪まで行かなあかんなって。悪いけど、俺は先に事務所に戻るわ」

「え、そうなんですか」

「急がなあかんし、ナラはそのまま家に帰ったって」

そう言い残すと、壱弥さんは颯爽と店を抜けていく。

「え、ちょっと……！」

咄嗟のことに言葉を紡ぐ間もなく、ただ嵐のように去っていく彼の背中を見送る他はなかった。

まだ午後二時を過ぎたばかりの空には、太陽が堂々と居座っている。

せっかく清水にまで足を運んだのだから、帰りに彼とどこかへ寄り道したいと考えていたのだが、こうなってしまったものは仕方ない。私は小さく溜息をつく。

その時、かたわらに佇む主計さんが私の顔を覗き込んだ。

「ナラちゃんって、着物に興味ある？」

「着物……ですか？」

そう、復唱すると彼は静かに頷いた。

着物といえば、昨年の成人式で着た程度の記憶しかない。その時の心覚えでは、不慣れゆえの動きにくさと、帯による締め付けがとても窮屈で、苦しいと思ったことばかりが残っている。

そんな当時の思い出を口にすると、主計さんは眉を下げた。

「ナラちゃんはあんまり着物にいいイメージ持ってへんのやな」

そう言うと、長い睫毛に縁取られた目を伏せる。

「でも、正しく着れば本来は苦しいものとちゃうんやで。もし、ナラちゃんが過去に苦しい思いしたことあるんやったら、それはその時の着付師が下手くそやったってことや」

彼は囁くような声音で、それでいて辛辣な言葉をもって私の抱くイメージを簡単に否定した。諭すように、涼やかな瞳が細められる。

「いっぺん騙されたと思って着物着てみいひん？」

真っ直ぐにかけられた誘い文句に、私は少しだけどきりとした。しかし、目の前の彼の表情があまりにも嬉々としていて、私は無意識に頷いていた。


静かに差し出された単衣《ひとえ》の着物に袖を通した私は、ゆっくりと顔を上げた。

涼しげな青緑色の絞り地に、ステンドグラスのような紫陽花が鮮やかに咲いている。

主計さんは私の視界を塞ぐように移動すると、両手で左右の襟の先と背縫いを持ち、裾を引き上げ手際よく前身頃を合わせていく。そして、自身の肩にかけていた可愛らしい花柄の腰紐をするりと引き抜くと、滑らせるよう身体に優しく沿わせ、緩やかに引き締めた。

強すぎず、弱すぎず、きっと手に伝わる感覚を頼りに、ちょうど良い結びの強さを決めているのだろう。襟元を合わせたあとは胸の下で二本目の腰紐を結び、ぴっしりと皺を伸ばしながらおはしょりを整えていく。

その動作は滞りなく流れるように進められ、主計さんは瞬く間に帯を結い上げた。

「うん、ええ感じやな」

その言葉を合図にもう一度顔を上げると、鏡に映る洒落た着物姿に私は思わず感嘆の声を漏らしていた。

綺麗な紫陽花の着物には薄紫色の織の帯を合わせ、柔らかい生成り色の帯締めと雨を連想させる雫形の帯留めが添えられている。帯揚げは白地に金平糖のような色とりどりの水玉模様が描かれたもので、雨季に合わせたしとやかな装いであった。

鏡越しに私の姿を確認した主計さんは、満足気な表情をみせる。

「どう、全然苦しくないやろ?」

言われてみれば、覚えのある嫌な窮屈さは一切感じられない。それどころか、心なしか背筋が伸びるような心地さえもする。

「正しい着方してたら立ち姿も美しくなるし、たまには着物もええなって思うやろ」

「はい、すごいびっくりしました。私じゃないみたいです」

主計さんはほほえんだ。

「ほな、このままちょっと出かけよか」

唐突な誘いに、間抜けな声が漏れる。

「二年坂《にねんざか》に抹茶が美味しいお茶屋さんがあってな、『椿木屋《つばきや》』って言うねんけど。……さっきの写真の子、もう一人は葵ちゃんやろ」

「えっ、なんで知ってはるんですか？」

私は思わず目を見張った。

「椿木屋は元々葵ちゃんの祖父母のお茶屋さんやねん。今は彼女の兄が継いでるんやけど、その新しい店主が僕の高校の時の同級生でな」

そう、簡単に説明する彼は、私の肩にふわりと軽い水色のショールをかけた。

目眩《めまい》がする程の鮮やかな日差しを反射させ、石畳の道はきらきらと輝いていた。

清水から高台寺《こうたいじ》へと続く瓦屋根の町並みの中を抜けて、私たちは目的地に向かってゆっくりと歩いていく。足を運ぶ度に草履の擦れる音が響き、着物にあわせられた紫陽花の簪が耳元で揺れた。

緩やかな石段を下り、古い店が並ぶ通りを進んでいくと、目的の茶屋が姿を見せた。

大きく開けた店先には、足を休める為の茶席が用意されており、老若男女が賑やかに談笑をしている。奥にはゆったりとしたカフェスペースが続き、その中を黒いエプロンをかけた店員が忙しなく行き交っていた。

主計さんの後ろについて店の中へと足を踏み入れると、すぐに若い男性がカウンターの向こう側からひょっこりと顔を出す。

癖のない黒髪と、程よくつり上がった切れ長の目元が凛々《りり》しさを印象付ける。彼もまた落ち着いた色味の着物を纏い、主計さんに手をふりながら親しみのある言葉をかけた。

「主計くん？　久しぶりやな、遊びにきてくれはったん？」

「うん、お茶させてもらおと思て」

その会話を聞くと、彼が葵のお兄さんなのだと分かる。名は桂《けい》さんというそうだ。

一見とてもクールな印象を受けるが、その眩しい笑顔をみると、どこか葵と似ているようにも感じる。

「そっちの子は？」

唐突に視線を向けられ、私はどきりとした。

「あぁ、壱弥兄さんとこの知り合いの子やねん」

「そっかそっかぁ。君が春瀬さんとこの」

桂さんはにやりとした。つり目のせいか、その笑顔は少し不気味に見える。

「そういえば、葵はお店の手伝いはしてへんのですか？」

私の問いかけに、桂さんは驚いて目を丸くした。

「え、葵ちゃんのこと知ってるん？」

「はい、葵とは中学からの同級生で」

「なんや、珍しいこともあるんやなぁ。葵ちゃんならもうすぐ帰ってくると思うで。週末だけやけど、周辺の配達の手伝いしてもらっててな」

「周辺って、どこまで行ってもらってるん？」

　主計さんが問いかける。

「基本は祇園《ぎおん》界隈のお客さんとこやな。白川《しらかわ》沿いとか、花見小路、先斗町《ぽんとちょう》もたまに」

「ほな、そんな遠いことないいんや」

「うん。一時間もかからへんはずやねんけど、最近の葵ちゃんはなんか遅いねん。それに、ぼんやりしてることも多いし、いっつもやけど僕の電話も無視するし」

　桂さんはうーんと唸り声を漏らし、首をかしげながら腕を組んだ。

　明るい性格の葵なら、身近な人の前では平然を装っているものだと思っていた。しかし、桂さんの話を聞く限り、花田さんのことが気がかりで無意識に考え事ばかりしているのだろう。

　そう思った直後、桂さんが声を上げた。

　入り口に目を向けると、可愛いレモンイエローのブラウスを着た葵が、ちょうど店の中に足を踏み入れたところであった。

「桂兄、ただいまぁ」

「おかえり、葵ちゃん。遅かったけど大丈夫やった？」

「うん、ちょっとかき氷食べたくなって寄り道しててん」

彼女は肩から提げていた配達用の鞄を置いて、身体をほぐすように伸びをする。

「あ、そういえばお友達がきてくれてはるで」

「友達？」

振り返った葵と目が合った。彼女は私と隣にいる主計さんを交互に見やる。

「……ナラと、大和路さん？」

「久しぶりやね」

柔らかくほほえむ主計さんに、葵は少しだけ頬を染めながら頭を下げた。同時に勢いよく私の手を掴み、店の隅へと連れていく。そして、丸い目を輝かせながら私だけが聞き取れるくらいの小さな声で興奮気味に問いかけた。

「ナラ、大和路さんとどういう関係なん!?　めっちゃ詳しく！」

「えっ、どういうって言われても……壱弥さんの古い知り合いで、調査のことで話をきかせてもらってただけやから」

「じゃあなんで着物デートしてるん！」

「で、デートちゃうし……！　それに、今日初めて会ったばっかりやもん」

「なんやぁ、ちょっと期待したのに」

ちらりと主計さんに目を向けると、彼はまだ桂さんと話をしているようで、私はこの会話を聞かれていなかったことに胸を撫でおろした。

「っていうか、その調査って二葉のこと？」

「うん。色々あって、百合の着物のこと調べてて」

「あぁ、二葉が着てた姫百合の？」

その時、主計さんが私たちに声をかけた。桂さんとの話を終えたのか、彼はこちらに近づいてくる。

「葵ちゃん、もう今日の配達は終わり？」

「あ、はい」

葵の返答を聞いて、主計さんは柔らかく口元を綻ばせる。

「ほなよかったら、葵ちゃんもちょっと一緒にお茶しいひん？」

その唐突な誘いに、葵は見惚《みと》れるように主計さんを見上げながら静かに頷いた。


カフェスペースに着いた私たちは、初夏は新茶がおすすめだという葵の言葉を受けて、新茶とお茶菓子のセットを頼むことにした。

メニューを閉じて視線を上げると、主計さんはゆっくりと口を開く。

「そういえば僕も葵祭の写真見せてもらってんけど、葵ちゃんが着てはった茶席小紋、ええ着物やな。可愛らしい色で」

「見てくれはったんですね。ありがとうございます。あの着物、お気に入りなんです」

「よう似合《にお》てはったわ。一緒に写ってた子は葵ちゃんの友達？」

その主計さんの質問に、葵はこくりと頷いた。

「多分人違いじゃなかったらその女の子、先週うちに来てると思うねん。葵ちゃんはあの子のこと、捜してるんやろ？」

さらりと告げる主計さんの言葉を聞いて、私は驚いた。

壱弥さんが主計さんに電話をした時も、彼から百合の着物の話を聞いた時も、葵の依頼で人捜しをしているなんてひとことも言っていなかったはずだ。

「一応やけど、これは壱弥兄さんから調査内容を聞いたわけじゃなくて、僕の勝手な推理やと思ってな。兄さんはちゃんと守秘義務守ってるし」

その言葉に、葵は怪訝な表情で問い返す。

「二葉は呉服屋さんに何しに行ったんですか？」

「うちの常連さんと一緒に着物を誂えに来はったんやけど、なかなか気に入ったもの見つからへんくてな」

その瞬間、葵の顔が強張るのが分かった。

そして目を泳がせながら、ゆっくりと彼に問いかける。

「なんで、二葉が着物を……？」

「事情は聞いてへんねん。ごめんな」

申し訳なさそうに告げる主計さんに、葵は眉を下げたまま「いえ」と小さく首をふる。

「でも、ちょっと気になること言うてはったから、葵ちゃんと何かあったんかなって心配になって」

彼の言う「気になること」とは、呉服屋で葵紋の反物を薦めた三枝さんに向かって、花田さんが零した言葉のことであった。

確かに、それだけはっきりと否定をしているのだ。同じ名をもつ親友と何らかの確執があったのではないか、と憶測するのも無理はない。

しかし、葵は彼女とのトラブルに心当たりはない様子だった。

葵は目を伏せる。

「……やっぱり、二葉はあたしのこと嫌いになってしもたんや。『いやや』ってことは、『見たくない』ってことやもん。二葉が大学に来てへんのも、あたしの顔が見たくないからなんや……」

そう、今にも泣き出しそうな声で呟き、膝の上で両手をぎゅっと握り締める。たった一言でも、それは彼女の心を抉《えぐ》るには充分すぎる言葉だった。

しかし、主計さんは静かな声で彼女に告げる。

「その『見たくない』がどういう意味かはまだ分からへんよ。否定の言葉に秘めたものが全部悪い感情だけとは限らへん。そういうんは、ちゃんと確かめやなあかんと思う」

その口調は柔らかく、それでいてしっかりと芯のあるものだった。

主計さんは続けていく。

「それに、嫌悪とか憎悪とか、そんな悪い感情は感じひんかったから」

ただ、本当に困惑した様子で呟いた様子だったそうだ。だからこそ、主計さんはその言葉に妙な印象を残したという。

ようやく、注文していた新茶のセットがテーブルに届けられると、私たちは一度会話を止めてそれぞれに新茶を嗜《たしな》んだ。葵がおすすめだと言ったそれは、口に含んだ瞬間に薫風が抜けていくような爽やかでほんのりと甘い風味を感じさせる。

ふと思い出したように、主計さんは静かな調子で私たちに問いかける。

「二人は、『万葉集』って知ってる？」

「はい、古典文学はわりと好きなので」

私が答えると、主計さんは少し顔を明るくした。

「百合って万葉植物やねんけど、姫百合を詠んだ有名な歌があってな」

そう、彼はひとつの和歌を諳んじる。

夏の野の繁みに咲ける姫百合の知らえぬ恋は苦しきものぞ

夏草に埋もれる小さな花のように、人には知られない恋はとても辛いのだ、と、一人苦しむ姿を花に重ねて詠んだ恋の歌である。

優しい音吐《おんと》で紡がれるその歌に、私は静かに夏の景色を思い浮かべた。

草いきれの満ちた夏の繁みの中に、ひっそりと咲く小さな姫百合。濃い草の色と鮮やかな濃紅色の対比と、秘めやかな恋心に苦しむ乙女の姿は、心に鮮烈な印象を植え付ける。

「もしかしたら、その二葉ちゃんって子も、人には言えへん想いをひっそりと胸の内に隠してるんかもしれへんな。姫百合とおんなじで」

主計さんは目を細め、ひそやかに笑った。

人知れず抱く想いは、きっと恋心だけではない。

それがどんな想いであるのかは分からないが、彼女が葵に何も告げないまま姿を消した理由にも通じるような気がした。


それから、私たちは再度祇園の街を抜けて呉服屋へと戻った。

着物を解いてもらうと、身体がふわりと軽くなる。私服に着替えた私は、店先に佇む主計さんへと頭を下げた。

「色々話をきかせてくださって、ありがとうございました」

「いいえ、こちらこそ。着物似合ってたし、可愛かったで」

そう、恥ずかしげもなく告げられる褒め言葉に、私は少しだけ面映ゆい気持ちを抱く。

「そういえば、結構歩いたけど足は大丈夫やった？」

私が首を縦にふると、彼は安心した様子で口元を綻ばせ、言葉を続けていく。

「着物で出かけると、見慣れた景色もちょっと違って見えると思わへん？」

主計さんの言う通り、数えきれないくらい歩いた祇園の街並みも、着物を纏っているだけでその景色に溶け込むように、いつも以上に奥ゆかしいもののように感じられる。

たまには、違う目線で景色をみることも良いのかもしれない。そう告げると、主計さんは涼やかな目を細めた。

「ほな、気が向いたらいつでもおいで」

○

午前中で全ての講義を終えた私は、いつもと同じように事務所を訪れていた。

自転車を門のそばに停車させ、入り口を開こうと手をかける。しかし、事務所には珍しく鍵がかけられていた。

昨日から事務所に置いたままの鞄には、講義で使用する大切な資料やノートが入っている。ゆえに、壱弥さんへ連絡を入れて、本日の午後に伺うことは伝えていたはずだった。

何か大切な仕事でも急に入ったのかもしれない。

そう、スマートフォンの画面を確認はしてみたが、やはり壱弥さんからの連絡はない。

もしかすると近隣に出かけているだけなのかもしれないと、私は仕方なく入り口の脇に腰を下ろした。

初夏特有の湿気を含んだ空気が、降り注ぐ陽光と絡まって、纏わりつくような暑さを生み体感温度を上昇させていく。ふと青空を見上げた時、子供の頃にもよくこうやって祖父の帰りを待っていたことを思い出した。

仕事柄、祖父はいろいろな場所を駆けまわり、事務所を空けていることも多かった。そのため、気まぐれに遊びに訪れていた私は、いつも文句を零しながら祖父の帰りを待っていたことをおぼえている。

祖父はとても優しい人だった。でも、壱弥さんはちょっと意地悪で、物腰や言葉遣いは少しも似ていない。それなのに、仕事に対する真摯な姿勢だけは何となく重なるところがあるように思う。

祖父が亡くなる一年ほど前に、壱弥さんはこの事務所へとやってきた。

かつて同じ場所で仕事をともにしていたのだから、その姿勢が似ているのもごく自然のことなのかもしれない。それでも、時々感じる壱弥さんの優しさに触れると、祖父のことを思い出さずにはいられなかった。

彼は、ここへ来る前は探偵ではない別の仕事をしていたと聞いたことがある。

ただ、どんな仕事をしていたのかは聞いたことはなく、どうして彼が祖父のもとで働くことになったのか、その詳しい経緯さえも知らない。たった一年とちょっとしか一緒に仕事をしていない壱弥さんが、この事務所を継ぐことになった理由もはっきりと分からない。

思えば、壱弥さんと祖父の関係はよく分からないことばかりだった。それどころか、壱弥さんについても知らないことが多い。

じっとりと滲む汗に不快感を覚えながら、足元へと視線を落とす。

「壱弥さん、どこに行かはったんやろなぁ……」

溜息混じりに独り言を零したその時、日差しを遮る何かが私に影を落とした。

驚いて顔を上げると、怪訝な目で私を見下ろす壱弥さんの姿があった。

彼は黒いティーシャツとカーキ色のミリタリーパンツという出で立ちで、その身形が仕事による外出ではないことを物語る。

「もう来たんか。夕方になるんかと思ってたわ」

壱弥さんは決まりの悪そうな顔で首を掻き、眉を寄せた。

「壱弥さんが仕事以外で外出するん、珍しいですね」

「まぁ、たまにはな」

「お昼は？」

「今日はちゃんと食べてきたで」

壱弥さんは胸を張ってそう告げる。威張るほどのことではないが、彼の場合は生活水準が人並みを大幅に下回るゆえ、十分褒めるに値するのである。

「人と会ったついでやけどな」

ポケットから鍵を取り出し、左手でカチャカチャと不器用ながらも解錠する。

その様子を見上げると、彼の左前腕の内側にうっすらと古い傷痕が見えた。こんなもの、前からあったのだろうか。そう、考えながら立ち上がる。

その瞬間、ふわりと甘い香水のような香りが漂った。それは彼の周囲に潜む女性の香りで、彼の外出の理由を察した私は妙に納得した。

壱弥さんはどうしようもないくらいにぐうたらで、放っておけば自宅で行き倒れてしまうかなり特殊な人間である。しかし、外面だけを見れば落ち着いた大人らしい長身イケメンで、それに惑わされる女性も多いということだ。

女性と会っている姿を何度か見かけたこともあって、やはりこれ以上のことは聞かない方が賢明だと思った。

足を踏み入れた室内は、蒸れた空気で満たされていた。

その暑さから壱弥さんは真っ先に窓を開け放ち、脱力するようにソファーに座った。そしていつも通りに身体を埋《うず》めていく。

「壱弥さん、飲み物いれてもいいですか」

「おー、好きにしたって」

壱弥さんはソファーに沈みながらひらひらをと手を振った。

来客用の茶葉の入った引き出しを開けると、中には緑茶や雁ヶ音《かりがね》ほうじ茶、紅茶などのシンプルなものが揃っている。私は冷たいお茶を淹れようと、椿の花が描かれた深緑色のパッケージの緑茶を取り出した。

そこには「新茶」と大きく記されている。何気なくその袋を裏に返してみると、控えめに「茶屋椿木屋」と書いてあるのが見えた。

「え、これって椿木屋さんのお茶なんですか？」

驚く私の声に、壱弥さんはうっすらと目を開ける。

「なんや、おまえも椿木屋のこと知ってるんや」

「はい。昨日、主計さんと一緒にお茶しに行ったんですけど……椿木屋は葵の祖父母のお店で、今はお兄さんが継いでるってききました」

「……そういうことか。主計のやつ、俺のこと試しやがったな」

壱弥さんは溶けていた身体を起こすと、にんまり不気味な笑みを口元に張り付けた。

試した、とはどういうことだろう。壱弥さんは呆れた様子で私にその意味を説明する。

「知ってて俺には椿木屋の情報を伝えへんかったってことや。あいつも目端は利くし、写真と俺とのやりとりで、俺が葵ちゃんから相談を受けて花田さんを捜してるって分かったんやろ」

「それは、言うてはりました」

「やっぱりな。俺が桂と顔見知りなんも知ってるし。相変わらず腹ん中真っ黒やな。俺はあいつのそういうところが苦手なんや」

壱弥さんは「きらきら優男のくせに」と愚痴を零す。

「じゃあ、葵のことは壱弥さんも気付いてたってこと？」

「あぁ。直接会ったことがあるわけちゃうけど、桂に妹がいるってことは知ってたし、葵ちゃんはお茶の稽古してるって言うてたやろ」

それでも、たったそれだけの情報で葵が椿木屋の孫娘であると導き出せるものなのか。確証を得るには少し頼りない。

私が首をかしげると、壱弥さんはもう一度口を開く。

「あとは名前やな」

「名前？」

「葵と桂って聞いて、思い浮かべるものはないか？」

壱弥さんの言葉に、私ははっとした。

「葵祭！」

「そう、葵祭でも使われる葵桂《きっけい》や」

葵と桂は京都では縁の深いものである。

彼の言う「葵桂」とは、葵祭の当日に内裏宸殿《だいりしんでん》の御簾《みす》や御所車などに飾られ、参加する関係者全員が身に着ける飾りのことである。葵の葉と桂の枝を絡ませた葵桂は、神様に逢うことを願う象徴であるとも言われている。

私は濃く蒸していたティーポットのお茶を、たっぷりと氷を入れたグラスに注ぎ込んだ。その瞬間、蒸気が立ち込め、芳醇な香りが周囲に広がっていく。

冷えたグラスを壱弥さんに手渡すと、彼はそれを渇いた喉に流し込む。そして、半分ほど残ったグラスを机の上に置いた。

「実は昨日と今日で、花田さんについて追加の調査をしてたんやけど」

壱弥さんは落ち着いた静かな口調で言った。

彼の行った単独調査の結果を聞くと、花田さんの置かれていた状況がはっきりと理解できた。

まだ彼女が幼い頃に両親が離婚し、ずっと母子家庭であったこと。離婚した父親には、前妻の子供である異母兄がいたこと。そして、母親は病気がちで、彼女自身がアルバイトをしながら大学に通っていたこと。

母が亡くなって、その経済状況はさらに厳しいものになったのではないか、と容易に推測できる。

　授業料だけなら支援を利用すればどうにかできるものではあるが、下宿をしながら生活をするには厳しいということだろう。

「葵ちゃんが彼女のことをどこまで理解してたんかは分からへんけど、バイトしながら大学に通ってたことは知っててもおかしくはないはずや」

　半ば憶測なのかもしれないとも思わせたが、壱弥さんは表情を崩さないまま言葉を続けていく。

「はじめに、葵ちゃんから話を聞いて気になったことがいくつかあるんやけど」

　それは花田さんの下宿先を訪問したあと、記憶を遡った際に気が付いたと言っていたことだろう。確か彼は、葵がいくつかの嘘をついていると言った。

　壱弥さんは愛用の黒い革の手帳を開く。

「まずは、花田さんと連絡が取れへんようになった日と、葵ちゃんが捜し始めた日のタイムラグや」

　壱弥さんは日から土までの曜日一文字を順に横一列に書き並べ、その下に日付を示す数字を記入する。そして、花田さんに最後に会ったという金曜日と、その十四日後である相談日に丸をつけた。

「ふつうは連絡が途絶えた時点で捜すやろ。でも、実際に彼女が花田さんを捜し始めたのは先週や。おかしいと思わへんか？」

「確かに……」

「やったら考え方を変えて、葵ちゃんが捜し始めた時点で花田さんが居場所を隠してることに気付いたとすればどうやろ。タイムラグの説明はできる」

「そしたら、それが葵の嘘ってことですか」

壱弥さんはにやりと笑った。

「そういうことや。花田さんとはちゃんと連絡が取れてて、おおよそ実家におるとでも言われてたんやろ。引っ越しの時に大家さんに告げたのと同じように」

「なるほど……」

「じゃあ、葵ちゃんはどうやって花田さんの嘘に気付いたんか、や」

「実は実家の連絡先を知ってたとか？」

「いや、仮にそうやとしても実家に連絡する理由がないやろ。嘘に気付くためには、何かのきっかけで花田さんが実家におらんことを知る必要がある。それで、実家におらんってことやなくて、ほんまの居場所を知ったんちゃうかって考えたんや。それが二つ目の嘘やな」

確かに、壱弥さんの推理は呑み込むことができるものばかりだった。

全て逆転の考えを辿るだけではあったが、葵の証言を前にすると簡単には気付けず、陰に隠れてしまう発想だ。整理するために繰り返す。

「つまり、葵は岡山の実家にいるはずの花田さんが京都にいることを知ってしまったから、花田さんの嘘に気付いたってことですね」

「あぁ、簡単なことやろ」

私は小さく頷いた。

しかし、とても大切なことに気付く。

「……でも、それならこの依頼自体の意味がなくなりませんか？」

「そうやな。じゃあ、今回の依頼のほんまの目的は何やと思う」

その問いかけに、私はゆっくりと考える。

真っ直ぐで素直な葵であれば、何を一番大切にするだろう。ごく自然に思い浮かぶものといえば――。

はっとして、私は顔を上げた。

「……葵は、花田さんと元の関係を取り戻したいんじゃないでしょうか」

壱弥さんは身体の前で組んでいた腕を崩した。

「そんなこと引き受ける探偵なんていると思うか」

「いえ、そんなもの好きな探偵さんは壱弥さんくらいやと思います」

私の言葉に首肯し、壱弥さんは口元を緩めた。

彼は依頼者の想いを汲み取って、本当に大切なものを見つけてくれる少し変わった探偵だと噂されている。

事務所の入り口に掲げられた木札の「失くしたものを見つける」という文句通り、捜索を中心に依頼を受けているらしい。

人や物の捜索はもちろん、捜索対象を通して見える依頼者の想いに着目し、本当に取り戻したいものを見つける手助けをしてくれるのだ。

「……やとしたら、葵は元から壱弥さんがそういうことをしてくれる探偵やって知ってたってこと？」

「あぁ、三つ目の嘘やな。それに気付いた時、意外と葵ちゃんは俺の身近な人物なんちゃうかって思った。それで、桂の妹の可能性を思い付いたんや」

不完全で曖昧だった点が、全て綺麗に繫がった。

彼は憶測だけで話を進めているわけではない。確かな事実を元に情報を組み合わせ、答えを導き出しているのだ。

「花田さんの現状を考えると、今は三枝さんのところにいる可能性が高いやろな」

恐らくは、そこが彼女のアルバイト先なのだろう。

次の目的地は花見小路だと、壱弥さんはグラスに残っていた緑茶を飲み干し、静かに立ち上がった。

花見小路通といえば、「祇園甲部《ぎおんこうぶ》」と呼ばれる花街にある南北通である。

四条通から花見小路を南に折れると、そこには一直線に続く石畳と、紅柄格子に犬矢来といった祇園情緒溢れる茶屋の街並みが広がっている。

見上げる長身の壱弥さんは洒落たアイスグレーのスーツに身を包み、街を歩む女性たちの視線をたっぷりと受けていた。

露骨な甘い視線に居心地の悪さを感じ、私は少し離れた場所を静かに歩く。

当の本人は色めき立つ女性たちにも気を留めていない様子で、真っ直ぐに目的地へと向かっていく。そして、ふと足を止めたかと思うと、彼はふわりとふり返った。

「ナラ、確か店の場所ってこの辺やったよな」

そう、私の姿を捉えた彼は目を見張る。

「……なんでそんな離れてるん」

「やって、壱弥さんといると目立つし」

「はぁ？　よう分からん心配せんでも、おまえは地味やし目立たんから大丈夫や」

意味が分からないと眉をひそめながらも、壱弥さんは嫌みったらしい言葉を吐き捨てる。何をどうすればそんな嫌みのバリエーションを得ることができるのか、全く理解不能だ。

少し腹立たしさを覚えたが、急かすように再度問いかける彼に、私は主計さんに教えてもらった店の場所を確認した。

「次の細い道を右に曲がってすぐです」

地図が示す道順通りに小路を右に折れ、ようやく目的地へと辿り着く。

「ここか。なんか奇妙な雰囲気の店やな」

怪訝な声に店舗へと目を向けると、そこには地下へ続く階段があった。

昼間であるはずなのに妙に薄暗く、緩やかな階段の脇には数段飛ばしに小さな行灯《あんどん》が光を宿している。それは別世界に誘う灯《ともしび》のようにも見えた。

一度視線を外すと、角にある店の看板が目に留まる。それによると、どうやらここは日本茶を嗜むことが出来る、カジュアルなカフェバーのようで、昼間のカフェタイムは午後二時まで、夜のバータイムは午後五時から始まることになっていた。

「ちょうど合間みたいですね」

「あぁ、好都合やな」

壱弥さんは落ち着いた様子で階段を下りていく。後を追いかけると、艶のある小振りの扉が目の前に現れた。彼は躊躇《ためら》いなくその扉を開く。

「すいません」

呼び声さえも溶けるほどに、店内は薄暗く沈んでいた。

一歩足を踏み入れると、視界の両端にぱっと光が灯った。光源は京友禅のような美しい和柄の有明《ありあけ》行灯で、細い廊下を点々と照らし、店の奥へと続いている。

その光に目を奪われていると、芳《けんば》しいお茶の香りとともに、赤紫色に大輪の白百合が描かれた着物姿の女性が現れた。

「店の時間はまだですけど」

そう、柔らかい口調で告げると、女性は閲《けみ》するように目の前の私たちを視線で撫でる。

「三枝さんですね」

女性はその言葉を首肯する。そして、壱弥さんから受け取った名刺を覗き込んだ。

「……探偵さん？　そないな人がうちに何の用ですやろ」

「花田二葉さんにお会いできますか」

率直に用件だけを伝えると、三枝さんは何かを察したように色を正した。

「二葉ちゃんの知り合いですか。どうぞ、おあがりください」

事情も聞かないまま、彼女は踵《きびす》を返し店の奥へと進んでいく。ゆっくりと後ろをついていくと、すぐに開けた場所へと辿り着いた。

地下ゆえに窓はなく、光源は足元の行灯と天井からさげられたいくつかのペンダントライトだけ。それでも店内はほんのりと程よい明るさを保っていた。

促されるままに店の端にある木製のカウンターに着くと、湯気の昇る茶器がことりと小さな音を立てて目の前に差し出される。

「どうぞ、ごゆるりと」

三枝さんはふわりと会釈をすると、暗闇へと姿を消した。それから間もなく、淡い藤色の着物を召した女性が姿を見せた。

「花田さん……」

その呼名に、彼女は大きな瞳をわずかに細め、私たちを見やる。

藤色の着物には大胆な水の流れを模した流水文様と、その脇には蝶と大振りの白百合が描かれていた。その大正浪漫を思い浮かべるようなレトロ文様が、華やかな彼女の容貌を引き立てる。

肌は抜けるように白く、漆黒の瞳は天井の灯を映して魅惑的に光る。焦げ茶色の髪は後ろで綺麗に纏められ、着物に合わせた藤色の髪飾りが小さく揺れた。

「高槻さん？　そちらの方は？」

壱弥さんが名乗ると、彼女は丁寧に頭を下げた。

「ほんで、なんで高槻さんがここに？」

当然、彼女は依頼のいきさつを知らない。突然現れた私たちに、不審な顔を見せる。

「ここに来たんは、花田さんに伝えたいことがあったからやねん」

「伝えたいこと？」

一息ついてから用件を切り出すが、凪いだままの彼女の瞳からは、抱く警戒心が沸々と伝わってくる。

「探偵さん……ってことは、私のこと調べはったんですよね。どこまで知ってはるんですか？」

そう、落ち着いた声で紡がれる彼女の問いかけに、壱弥さんは先の身辺調査の内容をゆっくりと彼女に伝えていく。

おおよそは察していたのだろう。

花田さんは驚く素振りも見せず、ただ色のない視線を私たちへと向けた。

「高槻さんは私のこと心配して捜してくれはったんやろけど、私にとってはただの迷惑や」

感情を隠すような抑揚のない声が店内に響いて消えた。

「迷惑って……」

「ほな、私のこと見つけ出してどうするつもりなん。私を大学に連れ戻すん？　それとも、大学にも通えへんくらい貧乏なんやって同情でもするつもり？」

「違う……」

彼女のつく悪態に、私は言葉を詰まらせた。変わらず、花田さんは人形のような表情のない顔で、私たちの前に座っている。

「花田さんのことを捜してるんは、私やなくて葵やねん」

その私の言葉を耳にして、ようやく彼女の表情が微かに揺らいだ。

「葵は花田さんのことを心配してる。花田さんが葵に何も言わんと姿を消したのにも、嘘をついたのにも理由があるんやろうけど、葵は何も知らん。ただ、親友やと思ってた人に嘘をつかれて、自分の前から姿を消してしまったことしか」

先ほどまで纏っていた冷たい空気が一変し、その表情はみるみるうちに不安の色に染まっていく。

「葵は、私が嘘をついたって知ってるん……？　じゃあ高槻さんがここに来たのって」

「葵と一緒に花田さんのこと捜してたからや」

「嘘や、葵は私が実家にいると思ってるはずやのに……」

「多分、葵ちゃんはきみがここにいてることに気付いている。彼女はお兄さんの店の手伝いで、この周辺にもよう来てはるみたいやし、きみのことを見かけたんかもしれへん」

壱弥さんが静かな声で言うと、花田さんは苦い表情で俯いた。

「何があったか、教えてくれるか？」

その言葉に、ゆっくりと記憶を想起するように彼女は静かに話し始めた。

「――先月の葵祭に二人で出かけた時の話です」

二人が着物姿で祭りの物見に出かけることになったのは、葵の言葉がきっかけだった。

毎年五月十五日に行われる葵祭は、石清水祭《いわしみずさい》、春日祭《かすがのまつり》とともに三勅祭と呼ばれ、元々は賀茂氏と朝廷の行事としておこなわれていたそうだ。それが、貴族が物見に訪れるようになったことをきっかけに、平安時代以降では貴族の祭りとして親しまれるようになった。

そんな華やかな祭りだからこそ、綺麗な着物で着飾りたい。

葵の気持ちはよく分かる。だからこそ、花田さんは葵の願いを受け入れたのだろう。

ただ、彼女は着物を持っていなかった。

それでも、葵と一緒に祭りに出かけたいと思った花田さんは、アルバイト先の女将である三枝さんからあの姫百合の着物を借りたのだ。

それが綻びの始まりだった。

「……葵はお茶屋さんの子やし、茶道のお稽古をしてるから、着物は自分のものを誂えて当然やと思ってるんかもしれません」

茶屋の孫娘という特殊な家庭に生まれ、幼い頃から着物を身近に感じる環境で育った葵がそう思ってしまうのも理解できる。ただ、決して裕福ではない家庭環境にあった花田さんにとって、それは当然のことではなかった。

葵祭の日、彼女の着物姿を見た葵は、その瞳を輝かせながら綺麗だと心から褒めた。同時に、身丈も裄も彼女の身体に合っていない着物に、少しだけ残念そうな表情を見せる。

そして、ゆっくりと言った。

——着物は自分の身体に合ったものこそ美しくなる、と。

「それが嫌みじゃないんは分かってる。……でも、その葵の言葉を聞いて、私と葵は全く違う世界の人間なんやって自覚したんです」

そして、自分にはないものを沢山持っている友人に、少なからず嫉妬心を抱いた。

「探偵さんも、高槻さんも知ってはるやろうけど、母が半年前に亡くなったんです。元々大学に進学できるほどの余裕はなかったのに、私の我儘《わがまま》で何とか支援を受けながら大学に通わせてもらってました。私がいいところの大学に行って、ちゃんと就職すれば母を楽にさせてあげられると思ってたから、アルバイトして生活費を自分で稼ぎながら勉強することやってできた」

その強《したた》かさは、母の死によって崩れ落ちた。

「母が亡くなった今、私の夢に大した価値なんかない。そう思った途端、働きながら大学に通うのが苦しなってしもて……」

友人の言葉をきっかけに、彼女は現実を見た。

このまま身の丈に合わない生活をしていても苦しいだけだ。そんな身を削る思いをしてまで大学に通うことに意味があるのか。

自問自答を繰り返した結果、彼女はこの苦しみから解放されることを望んだ。

そして、彼女は大学に通うことをやめて、懇意にしてくれていた三枝さんのもとで働き続けることを選択したのだ。

「べつに葵の言葉に傷ついたわけやないんです。これは私の選択で、絶対に葵のせいじゃない。でもほんまのこと言ったら、葵は自分のせいでって思うかもしれへん。それに、葵は優しいから私のためにどうにかしようとする。……やから嘘をついた」

それが、理由だった。

花田さんは震える声を抑えるように握り締めていた手をゆっくりと解いた。そして、はらりはらりと流れ落つ涙を何度も拭う。

「葵は花田さんに会いたがってるし、ほんまのことを知りたいとも思ってる。葵には花田さんの言葉でちゃんと伝えてあげて」

彼女の嘘は葵のことを思ってのものだったのだろう。

彼女を傷つけたくない、彼女に心配をかけたくない。悩んだ結果、辿り着いたものが「優しい嘘」だった。

しかし、それが反対に彼女を傷つけることになってしまったのだ。

その事実は変わらない。

だからこそ、歪んでしまった関係を取り戻すためには、彼女が自分の言葉で真実を告げる他はない。そう感じていた。

もしも彼女がちゃんと葵と向き合って、真実を伝えることができたのなら、きっと葵は彼女のことを笑って許すだろう。大好きな友人が本当に優しい人なのだと感じることが出来るのだから。

「……私も葵に会いたい。会って……ちゃんと謝りたい……」

止まない涙を拭いながら、花田さんは途切れ途切れに言葉を紡いでいった。


いつの間にか天井には厚い雲が広がっていた。

雨の匂いを含む鈍色《にびいろ》の空の下で、誰かを待つように事務所の前に佇む人影があった。彼女は、不安気に揺れる瞳を潤ませながら俯いている。

「葵ちゃん?」

彼女ははっとして視線をこちらに向けた。

「春瀬さん……!」

縋るように彼の名を呼んだ直後、緩やかに涙雨が降り始めた。

葵を事務所の中に招き入れると、私は温かい紅茶を彼女に差し出した。葵は変わらず暗い表情のまま、ソファーに座っている。

壱弥さんが目の前に着席すると、彼女は少しだけ身体を震わせた。

「調査の進捗が気になって事務所に来た……にしては思い詰めた顔してるけど」

葵は黙したまま何も話さない。

「まぁええか。取り敢えず調査結果の報告するから」

そう告げると、壱弥さんは昨日までの調査内容をまとめた報告書を葵に差し出した。簡潔明瞭に記された文章に目を通し、彼女は驚いた顔をみせる。

「二葉の居場所……分かったんですね」

「あぁ、でも居場所は君も初めから知ってるやろ？」

指摘をする壱弥さんに、葵は小さく頷いた。やはり彼の推理は正しかったようで、葵は困った様子で口を噤《つぐ》む。

「やっぱり……嘘の依頼をしたんやから、怒ってますよね」

「いや、怒ってへんけど」

消え入りそうな声で葵が呟くと、壱弥さんはあっさりと低い声で否定した。

「寧《むし》ろ、嘘をつく必要があったんやと思ってる。初めから先の見通せへん依頼持ってこられても、俺は受けようとは思わへんし」

それを聞いて、葵は無意味に嘘の依頼をしたわけではないのだとようやく理解した。

ならば何故、花田さんの居場所を知っていたにもかかわらず葵は自ら彼女に会いに行かなかったのか。その疑問を解くように、葵は震える声でゆっくりと言葉を紡ぎ始めた。

「二葉が大学に来いひんようになったんは、あたしのせいなんです」

彼女の話は、花田さんから聞いた内容と一致するものであった。あの葵祭の日のほんの些細な出来事が、二人の関係を大きく歪ませたのだろう。

壱弥さんは琥珀色の瞳を瞬《しばたた》かせながら、静かに彼女の声に耳を傾ける。

「椿木屋で、大和路さんから二葉が着物を誂えに来たって聞いた時、全部あたしのせいやったんやって気付いたんです」

――着物は自分の身体に合ったものこそ美しくなる。

「……あたしが酷いこと言うてしもたから」

その言葉のせいで、彼女を傷付け、嫌われてしまったのだと葵は言う。

俯く彼女の瞳からは大粒の涙が零れ始めた。

「許してほしいって思うのは都合が良すぎるって分かってます。多分、もう友達には戻れへんことだって……。でも、ほんまはもっと二葉と友達でいたかった……。もっと一緒に色んなこと喋ったり……色んなところに行ったりしたかった……。全部壊したのは自分やって分かってても、やっぱり認めてしまうのが怖くて……悲しくて……いつかふらっと大学に戻って来てくれるって思い込もうとしてたんです」

葵は一生懸命に話す子供のように、一言一言をゆっくりと発していく。

募り過ぎた感情を言葉にすることで、誰かに聞いてもらうことで、自身の抱く喪失感を埋めようとしているのかもしれない。

大好きだった親友との関係を失ってしまったのだ。彼女にとって、それほど辛いことはないだろう。

ずっと落ち着いた表情で話を聞いていた壱弥さんが、おもむろに口を開いた。

「気持ちはよく分かった。……実はここに来る前、彼女に会うてきたんや」

葵は目を大きく見張った。そして、身を乗り出すよう勢いよく立ち上がり、壱弥さんの言葉に縋りつく。

「二葉は何て……！」

彼は淡くほほえみ、波立つ葵の心を撫でるよう優しい声音で呟いた。

「心配せんでも大丈夫や。彼女も癸ちゃんに謝りたいって言うてたから」

「ほんま……ですか……？」

「あぁ。明後日の夕方、大学に来てもらうように約束した。ほんまのことは彼女の口から直接聞くほうがええ」

葵はもう一度溢れそうになる涙を堪《こら》えながら、深く頭を下げた。

「……ありがとうございます、春瀬さん」

葵を見送ったあと、壱弥さんは右手でネクタイをほどき、疲弊した様子でソファーに身体を埋めた。するりと襟元から抜き取られたチャコールグレーのネクタイが床に落ちる。

どうしてか、あまり顔色は良くない。

「大丈夫ですか？」

「あぁ、さすがにちょっと疲れた」

壱弥さんはストライプシャツのボタンをひとつ外し、そのまま目を閉じて横たわった。たった二時間あまりのうちに交差するふたつの複雑な感情に触れたのだ。疲れてしまうのも無理はない。

琥珀色の瞳はどこか曇っているようにも見える。

壱弥さんは痛みを堪えるように表情を歪ませたあと、右手を支えにしてゆっくりと起き上がった。きっちりと整えられていたはずの黒髪は少しだけ乱れている。

「なんか……二人の話を聞いてると、何が正しいんか分からんようになってきてな」

「え？」

大きな手で目元を覆いながら吐露された弱音に、私は耳を疑った。

「……葵ちゃんの望みは友人関係を取り戻すことやと思てたけど、彼女の話を聞く限り、ほんまの望みは多分それだけじゃないみたいや」

葵の言葉を思い返す。

「葵ちゃんは、花田さんに大学に戻ってきてくれることを望んでる」

壱弥さんは小さな溜息をついた。

花田さんは葵のことを嫌いになったわけではなくて、苦しい生活から逃れるために大学を辞める決意をしたのだと話した。

ゆえに、葵の望みを叶えることは、もう一度花田さんを苦しませることにもなってしまう。悩み抜いた末の選択を、依頼者の都合だけで簡単に覆してしまっても良いものなのか。

二人がそれぞれに抱く願いを、どのようにすればよりよく叶えることが出来るのか。

そう、壱弥さんは思い悩んでいるようであった。

私は、彼の隣にゆっくりと腰を下ろす。

「こういう時は、理屈とか難しいことは置いといて、壱弥さんが正しいって思う素直な気持ちや感覚を信じてみてもいいんやないでしょうか」

大した助言は出来ないが、私は思ったことを素直に告げたつもりだった。

壱弥さんは少しだけ驚いたように私の顔を見つめたあと、眩しいものでも見るかのように目を細め、右手でその目元を覆い隠した。

「どうしましたか？」

「いや……昔、匡一朗さんにも似たようなこと言われたん、思い出しただけや」

「似たようなこと？」

「あぁ、『素直な感情を大事にしなさい』って」

彼は柔らかくほほえんだ。

「……やっぱり、おまえは匡一朗さんの孫やな」

ありがとう、と告げる彼の瞳は、何か大切なものを見つけ出したように、瑞々《みずみず》しい輝きを取り戻していた。

○

講義を終えた学生たちがスクラッチタイル張りの校舎の陰を行き交う午後。

葵とともに壱弥さんと待ち合わせをしているカフェへと辿り着くと、彼は窓際で手元の雑誌を捲りながら退屈そうに大きな欠伸を零していた。

「壱弥さん、お待たせしました」

近くまで歩み寄ると、壱弥さんはゆっくりと顔を上げた。

「早かったな」

彼は寝惚け眼を擦りながら、温かい珈琲を口に運ぶ。白い艶やかなソーサーの上には、手の付けられていないフレッシュとともに、小さな飴玉が添えられていた。

退屈そうに欠伸を零す彼を見ると、どうやら花田さんはまだ来ていないらしい。

「春瀬さん、この間はすいませんでした」

「なんのことや」

彼の返事はそっけない。

「あの、困らせるようなことといっぱい言うてしまったので……」

葵はその態度に少し怖気《おじけ》づきながら、申し訳なさそうに壱弥さんに頭を下げた。

「いや、大丈夫や」

淡々と紡がれる彼の声は、本当の感情を見えにくくさせる。

少しぶっきらぼうにも聞こえる短い返事に、葵はまた表情を曇らせたが、その印象は続く彼の言葉に否定された。

「心配せんでも君の望み通り、俺がちゃんと平穏な大学生活を取り戻したる」

瞳を潤ませる葵に、壱弥さんは柔らかく笑いかけた。

ほどなくして、落ち着いた紺色のワンピースを纏った花田さんの姿が見えた。

彼女は不安気な表情を浮かべながらこちらに向かってくる。

花田さんの姿に気付いた葵は、緊張を押し殺すように水色のスカートをぎゅっと握り締めた。

「花田さん、来てくれてありがとう」

「ううん、こちらこそ」

私にそう告げると、彼女の表情が少し和らいだような気がした。

「ほな、私と壱弥さんは外で待ってるから」

置いていた鞄を持って席を離れると、花田さんは空いた正面の椅子を引いてゆっくりと腰を下ろす。結い上げられた長い髪がさらりと揺れた。

店を後にする直前、向かい合う二人の姿を横目に見ると、彼女たちは少しだけぎこちない表情で笑っていた。

扉を潜ると、壱弥さんの白いシャツが日差しを反射させ、きらきらと眩しく光っているように見えた。

壱弥さんはベンチに座り、脱力するように背凭《せもた》れに身を預け、大きく伸びをする。私もまた、彼を真似て天井を仰ぎながら両手を高く伸ばした。

見上げた先には鮮やかな夏空が広がっていた。視界いっぱいに広がる水色と、層を成す白い雲。その真ん中をどこか遠くに向かって飛んでいく飛行機が、絵画のようにも見える。

「ここ来るの何年ぶりやろなぁ」

無気力にだらけていた壱弥さんが、空を見上げたままおもむろに呟いた。

「何年って、卒業したんはもう十年くらい前とちゃうんですか？」

「失敬やな。まだそこまではいってへん」

「あれ、壱弥さんって何歳やっけ？　おっさん臭いからよう分からへん」

私が笑いながら言うと、彼は半目で私を睨みつけた。

「壱弥さんは何学部の出身なんですか？」

「それは秘密や」

「えぇ、そこ隠す必要ある？」

彼はにんまりと口角を上げる。

「でも、探偵って何学部がいいとかあるんですか。法学部ならまだしも……まさか探偵養成の秘密機関がサークルにあるとか」

「あほか」

「じゃあ経済？」

「さぁ、どうやろな」

意地悪に笑う壱弥さんはどこか子供のように見える。

適当な話をしていると、ふと小さな疑問が脳裏を掠めた。

「そういえば、花田さんの母親は半年前に亡くならはったんですよね」

「あぁ」

「それなら学費免除の申請やってできたと思うんです」

壱弥さんは身体を起こし、私を見やる。

「彼女は賢い子やで、そこはちゃんとしてたみたいや。でも、下宿しながら大学に通うのに必要な費用って学費だけやないやろ」

「それはそうですけど、独り暮らしってそんなお金かかるもんなんですか？」

私が率直な疑問を投げかけると、壱弥さんは呆れたように左手をひらひらとふった。

「さすが、温室育ちやな」

その意地悪な口調に少しだけ腹立たしくも感じたが、実際に独り暮らしをしたことがない私は何も反論できない。

睨みつけるように視線を返すと、壱弥さんはその反応を楽しんでいるのか、ふっと笑った。同時にゆっくりと口を開く。

その声は、予想以上に真剣なものだった。

「俺も子供の頃に両親を亡くしてるし、伯父母のところで育ったから分かるけど、急に他人にも等しい家族の中に放り込まれるんも結構しんどいんや。ましてや、一緒に住むわけでもない人たちに、生活費だけ払ってくださいって頼むことこそ無理があるやろ」

言葉からは、微かな哀愁が読み取れる。

確かにそうなのかもしれない。

いくら叔母に引き取られる形になったとはいえ、京都に下宿をしている彼女とは一緒に暮らすわけでもない。だからこそ、花田さんは自分の力で生活をしようと心に決めて、生活を切り詰め、アルバイトを続けながら学業にも励んだ。

しかし、現実は厳しいものだったのだろう。日が経つにつれて、徐々に彼女の生活は苦しくなる。学業に励むためにアルバイトをしていたはずなのに、それが彼女の自由な時間を削り、学業さえも疎かにさせた。

それから、どれくらいの時間が経過したのだろうか。手元の本に意識を奪われていた私は、立ち上がった壱弥さんの影に顔を上げた。

彼の横顔を見やる。

砂利を踏む音が止んだと思うと、滑らせた視線の先には二人の姿があった。

花田さんはいつもの落ち着いた空気を纏ったまま、凛とした表情でしっかりとそこに立っている。対照的に葵は、俯きながら時折零れ落ちる涙を手の甲で拭っていた。

きっと花田さんが既に大学を辞めていた事実を知ったのだろう。私は立ち上がり、葵の哀しみを受け止めるように彼女を抱き締めながら、その背中を撫でた。

「ちゃんと話できたか」

壱弥さんが花田さんに問いかけると、彼女は壱弥さんに向かって深く一礼をした。

「ありがとうございました。これで心残りなく大学を辞めることが出来ます」

彼女の目はとても澄んでいた。もう迷うことなど何も無いと言わんばかりに、真っ直ぐに壱弥さんを見上げている。

しかし、壱弥さんは彼女の言葉を否定するように小さく首を横にふった。

「それが、君に関する俺の仕事はまだ終わってないねん。もうひとつ聞いてほしい話があるんやけど、ええかな」

花田さんは訝しい表情でゆっくりと頷く。

「実はもう一人、君に会いたいって言うてる人がいるんや」

「……え？」

「檀弓樹《まゆみいつき》という名に覚えは？」

花田さんはその名を聞いてはっとした。

「樹は、私の兄です……」

壱弥さんの話は続いていく。

日曜日、呉服屋にいた壱弥さんのもとへ檀弓さんから連絡が入り、新大阪駅で彼と会う約束を交わした。そこで彼もまた花田さんを捜していた事実を知る。

壱弥さんが彼女のおおよその所在は判明していることを告げると、彼はどうしても花田さんに会いたいのだと言った。

なぜ檀弓さんは壱弥さんの連絡先を知っていたのだろうか。そう思ったが、答えは単純なものだった。

檀弓さんは、唯一の手がかりであった花田さんの下宿先の大家さんへと連絡をしたそうだ。もちろん、彼女の所在は分からなかったが、代わりに同じように彼女を捜している壱弥さんの存在を聞き、連絡先を教えてもらったという。

もし壱弥さんが大家さんへ名刺を渡していなければ、彼と巡り会うことはなかったのだろう。そう思うと、少しだけ運命的なものを感じるような気がした。

しかし、花田さんの表情は暗く沈んだままであった。そして、重苦しく口を開く。

「……兄の存在は記憶にないくらいで、両親が離婚した際に縁も切れてるし、おっておらんようなもんなんです」

「それは檀弓さんからちゃんと聞いてる」

「それならなんで今になって私を捜したんですか？　私には全く理解できません……」

彼女は視線を落とし、小さく首をふった。

「彼は、君が大学を卒業できるよう支援をしたいって言うてはるんや」

「なんでそんな話今更……！　もう退学届け出してるん、春瀬さんも知ってるやないですか……！」

花田さんは感情のままに鋭い言葉を投げつけた。やり場のない気持ちをぶつけるように、敵意を込めた目を壱弥さんへ向け、次々と鋭利な声を浴びせていく。

「それに、兄は恵まれた人間やから私の気持ちなんて分かるはずない」

しかし、壱弥さんは落ち着いた物腰で彼女の感情を受け止める。

「その反応は正しいとは思う。でも、俺が無意味なことを言うわけないやろ」

重く低く響く壱弥さんの言葉は、それが冗談ではないと悟らせる。

その意味はすぐには理解できなかったが、彼の真剣な表情を見ていると、葵にかけた言葉を思い出した。

彼は間違いなく、「平穏な大学生活を取り戻す」と言ったのだ。それは決して嘘ではないはずだ。

涙を流していたはずの葵も、壱弥さんの言葉に顔を上げた。

「どういう……意味ですか」

「君が二週間前に退学届けを提出したのは間違いないことや。でもそれが確実に受理されたっていう確信はあるか？」

その瞬間、鳥肌が立った。

つまりそういうことなのだろう。

けれど、余りにも出来すぎた話に信じられないという気持ちが勝る。

「……でも、不備があったら連絡が来るはずやし」

「その連絡先はどこや？」

「叔母の家……です」

花田さんは両手で口元を覆った。

「大学からの連絡は叔母さんの家にあったんや。その時初めて君の退学意思と理由を知った叔母さんは、すぐにその退学届けを破棄した。やから君の籍はまだ残ってる。それが事実や」

「嘘や……」

「嘘やない」

「でも、叔母さんは私のこと疎ましく思ってたはずやのに……」

「疎ましいなんて思ってへんかったはずや。むしろ、君のことをちゃんと心配してた。君を助けるために檀弓さんに連絡をしてくれたんやから」

その事実さえも受け入れられないと言うように、彼女は弱々しく首を横にふる。

直後、壱弥さんは強い口調で言った。

「つまらん意地張ってたらあかん。法学部に進学を決めたんは、家族のためなんやろ。母親が亡くならはったとはいえ、その思いは必ずどっかに生きてくる。苦労して手に入れた大事なもんは、そう簡単に手放すもんやない」

真剣な彼の眼差しが、泳ぐ彼女の瞳をしっかりと捉えている。

「苦しい事は一人で抱えたらあかんで。手を差し伸べてくれる人がいる限り、君は一人やないんやから」

撫でるような優しい言葉を耳に、彼女は大粒の涙を零し始めた。

それは鮮やかな陽光を受けてきらきらと輝きながら頬を濡らしていく。

「春瀬さん……。私……ほんまはもっと……大学でちゃんと勉強したい……。もっと……葵と一緒にいたい……！」

ずっと隠していた秘めやかな想いを囁くように、彼女は嗚咽《おえつ》を交えた声で、ゆっくり、ゆっくりと言葉を紡ぐ。

それは、抱く苦しみや悲しみを緩やかに溶かしていくようだった。

ようやく心を落ち着かせた彼女は、もう一度壱弥さんを見上げた。

「……改めてお願いします。兄に会わせてください」

深く頭を下げるその声音に迷いはなかった。

「あぁ、よう言うたな」

そう、壱弥さんは優しくほほえんだ。

目を赤く腫らした顔で、花田さんは戸惑う葵に笑いかける。途端、葵は笑顔で彼女に抱きついた。

「二葉！」

「心配かけてごめんな」

「ううん、ほんまに良かった」

夏はまだ始まったばかりだというのに、初夏の鮮やかな花のように笑う彼女達の姿が、真夏の太陽と同じくらい眩しく見えた。


花田さんを見送ったあと、葵はもう一度私たちに頭を下げた。

「やっぱり、春瀬さんは噂通りの探偵さんでした」

斜陽が、彼女の笑顔を優しい色に染めていく。

「春瀬さんのおかげで、二葉と仲直りもできたし、何より二葉の大切なものを見つけてくれはったから」

もう、見失うことはない。

たとえ苦しい事があったとしても、自分の心と向き合った二人であれば、きっと前向きに立ち向かうことができるのだろう。

「また今度、二人で椿木屋にも遊びにきてな。桂兄に言うてサービスいっぱいしてもらうから」

にっと笑いながら、葵は明るい声で言った。そして別れを告げると、大きく手をふり、軽やかに歩き始めた。

その背中を見送りながら、私は壱弥さんに抱いた疑問を投げかける。

「壱弥さんが失くしたものを見つける理由って、やっぱりご両親のことに関係してるんですか？」

彼が特別な探偵だと噂される理由は、この依頼にかかわったことで間近に感じることが出来た。ただ、普段の彼の様子をみていると、進んで面倒ごとにかかわろうとする性分でないことははっきりと断言できる。

それなのに、どうして彼は依頼者の秘めた想いを汲むような骨の折れる事をしているのだろうか。

その姿勢には、きっと深い理由が隠されているはずだ。

壱弥さんは少し困った表情を見せたあと、暮れていく西の空をふわりと仰いだ。

「あぁ、そうやな。俺は今まで色んなものを失ってきたから、大切なものを取り戻したいって思う気持ちは理解できる」

そう、壱弥さんは記憶を想起するように静かに言葉を紡ぐ。

彼の失くしてしまったものとは、いったい何を指しているのだろう。

そのひとつが両親で、あるいは前職に関する夢や希望。その他にも、私の知らない彼の過去に、彼が探偵を目指し、失くしたものを捜し続ける理由が隠れているのかもしれない。

ぼんやりと意識を巡らせていると、唐突に私の頭がくしゃりと撫でられる。視線を上げると、そこには壱弥さんの大きな手があった。

「そんな顔すんな。俺のことは、別にどうでもええねんから」

どうでもよくなんかない、そう言いたかったのに、「触れてくれるな」と諭すように揺れる琥珀色の瞳を前に、私は口を噤む。

「同じ苦しみを味わう人が一人でも少なくなってくれれば、俺のことはどうでもええ」

その言葉を聞いて、私は理解した。

——彼の失くしたものはもう取り戻せないものなのだ。だから彼は、誰かの失くしたものを見つけることで、自身の中にある喪失感を埋めている。

それくらい、彼の心に影を落としているのだろう。

壱弥さんはふと思い出した様子でジャケットのポケットから何かを摘まみ出すと、私の手の上にぽとりと落とした。

それは、カフェで珈琲に添えられていた一粒の飴玉だった。

「そやでおまえも、大事なもんは失くさへんようにポケットにしまっとくか、ちゃんと両手で握り締めとくんやで」

しんみりとした空気を打ち払うように、彼は笑った。

その意地悪な表情はいつもと変わらない。

「もう、そうやって子供扱いするんはやめてください」

「まだまだ子供やろ」

くすくすと笑う彼に、私は少しむっとしたが、手のひらから転がり落ちそうになる飴玉をぎゅっと握り締めた。

暑い初夏の空気と相まって、重ねる手の中はじんわりと熱を帯びる。

その体温で飴玉が溶けていくように、壱弥さんの心の蟠《わだかま》りも、いつか人の温かさによってゆっくりと溶けてなくなりますように。

そう、私は心の中で秘めやかに唱えた。

青い宝石と海辺のソネット

私には夢がふたつある。

一つ目は、祖父のような優しくも強《したた》かな心を持った弁護士になること。

そして二つ目は、大好きな人と宵山《よいやま》に行くことである。

京都三大祭のひとつである祇園祭《ぎおんまつり》は、毎年七月の一ヶ月間を通して様々な神事が行われる八坂神社《やさかじんじゃ》の祭礼である。なかでも一番盛り上がるのが、前祭《さきまつり》山鉾《やまぼこ》巡行とその前夜祭である宵山だ。

八坂神社は四条通《しじょうどおり》の最東端に鎮座する朱塗りの社である。

そこは春瀬探偵事務所からも徒歩すぐのところにあるためか、とても身近に感じられる神社でもあった。

きっと祭りの夜には、賑やかな祭囃子《まつりばやし》の音や彩りのある騒ぎ声が窓の外から聞こえ、山鉾と駒形提灯《こまがたちょうちん》の光が夜空を染めるのだろう。

そんな夜を想像するだけで心が躍るようだった。

○

焼き付けるような夏の陽光が、自転車のベルに跳ね返り眩しく瞳に映り込んだ。

土曜日、宵山の午後。私は壱弥《いちや》さんの事務所へ向かって自転車を走らせていた。彼の愛車がある駐車場の前を過ぎる時、彼の白い車のそばで人影が動くのが見えた。

真夏日を記録しているにもかかわらず、その人物は白いシャツに青いジャケットを纏い、壱弥さんの車を丁寧に磨き上げていた。

長身で、すらりとしたシルエットこそ壱弥さんとそっくりではあるが、短い茶髪と緑色の瞳が別人であることを示している。

彼は壱弥さんの実の兄である。

「貴壱《きいち》さん」

眩しさに目を細めながら、私は貴壱さんに声をかける。すると、彼は鋭い目つきのままふり返った。

「ナラちゃんか。久しぶりやな」

「何してはるんですか？」

「あぁ、壱弥の車綺麗にしとってん」

「これ、手入れしてたん貴壱さんやったんですね」

部屋の掃除もろくにできない壱弥さんに、手間のかかる車の手入れが出来るとは思えない。そう、以前から感じていた疑問が一瞬で解決した。

「ナラちゃんこそどうしたん？」

「今から壱弥さんの部屋の掃除しにいこかと思ってて。よかったら貴壱さんも一緒に休憩どうですか。清洛堂《せいらくどう》の豆大福買うてきたんですよ」

貴壱さんをお茶に誘うと、彼は仕上げをしていた手を止めて快諾した。

彼の表情はほとんど変化を見せない。寡黙であまり多くは語らず、常に眉間に皺《しわ》を寄せた難しい顔をしている。

ゆえに、見た目はとても怖い人のようにも感じられるが、言葉を交わしてみればその優しい人柄がよく分かるものであった。

外面ばかりの変人で意地悪極まりない壱弥さんとは異なって、貴壱さんはとても温厚でかつ紳士的な性格である。

対照的な兄弟の血の繋がりを証明するものといえば、その整った容姿だ。

特に貴壱さんは独特な色素の薄さから、とても神秘的な雰囲気を纏っていた。

「何かあった？」

貴壱さんはぼんやりとしていた私に問いかける。

「いえ」

私は彼の容貌に見惚《みと》れていた事実を笑って誤魔化し、赤い自転車を押して歩き始めた。

壱弥さんの事務所は、平安神宮から延びる神宮道《じんぐうみち》を南へ下がり、ほんの少し西へ入った小路にひっそりと佇んでいる。

　昼は賑やかな通りを巡る観光客の声が小さく届き、夜は神宮の神聖な空気を受けて奇妙な色を纏う。幼い頃から祖父の事務所として慣れ親しんだ私でさえも、その空気感は少しだけ畏怖の念を抱くものがあった。

　そんな事務所へと向かう途中、宵山から迷い込んだ浴衣姿の男女とすれ違った。

「今日は宵山なんですね。貴壱さんはお祭り好きですか？」

　貴壱さんは隣を歩く私に視線を流す。

「人混みは得意ちゃうけど、宵山の限定グルメはええよな」

「分かります。私は金魚サイダーが飲みたいです」

「あぁ、ええな。俺はオンコールやから行けへんけど、壱弥でも誘ってみ。どうせ暇してるやろし」

　貴壱さんは表情を崩さないまま、冗談混じりの口調で言った。

　彼は大学病院で働く消化器内科医で、オンコールとは緊急の患者がいた場合に電話を受けて対応する医師のことを言うそうだ。つまり、電話があれば直ちに病院へ赴かなければならず、あまり自由に動くことはできないのだろう。

「壱弥さんが一緒に行ってくれはるとは思わんのですけど……」

　出不精である壱弥さんにとってみれば、宵山を歩くなど火に入るようなものだ。

「いや、ナラちゃんとやったら行くやろ」

そう、貴壱さんはどこか自信に満ちた様子で柔らかく告げた。

相変わらず無防備にも鍵が開いたままの事務所に入ると、汗ばんだ肌を撫でる涼しい空気がさらりと流れ出した。炎天下に晒されていたはずなのに、貴壱さんは汗のひとつもかかず、クールな顔で凛と背筋を伸ばしている。

壱弥さんは私たちの訪問に気付いていないのか、こちらを見ようともせずに虚ろな目でデスクに向かっていた。

「壱弥、ナラちゃん来てくれたで」

貴壱さんの声に、ようやく彼は顔を上げた。

「あれ、いつの間におったん」

壱弥さんは眉間に皺を寄せた。その疲弊した表情と大きく伸びをする仕草をみると、長時間同じ姿勢でいたことがよく分かる。

休日にもかかわらず、朝からずっと仕事に励んでいたということなのだろう。

「壱弥さん、疲れてませんか？」

「んー、仕事が終わらへんしほとんど寝てへんからな」

そう、目を擦りながら欠伸《あくび》を零す。

「ほな、ちょっと休憩にしませんか」

彼に見えるように、清洛堂の紙袋を顔の近くまで持ち上げてみせる。すると壱弥さんはきらりと瞳を輝かせた。

彼の部屋に足を踏み入れると、その異空間ぶりに私は目を疑った。

今日までの一週間、事務所を訪れることが出来なかったせいなのだろう。

床には書類や本が散らかり放題で、机の上にはコーヒーの空き缶がアート作品のように並べられている。本来なら人が腰を下ろすはずのソファーには、クリーニングに出す前のシャツやスーツが重ねられていた。

「壱弥さん」

隣に立つ壱弥さんの顔を見ると、彼は白を切るようにそっぽを向いた。

「どうやったら一週間でここまで散らかせるんですか」

「どうやったらって言われても、ふつうに生きてたらこうなる」

「ふつうはなりません！」

ぴしゃりと告げると、壱弥さんは肩を竦めたあと口先を尖らせた。

家事全般が苦手な壱弥さんは相変わらずで、誰かの支援がなければまともな食生活を送ることは不可能にも近い。そんな彼が今まで生き延びることができたのは、貴壱さんの存在が大きいとも言える。

貴壱さんはここよりも東にある鹿《しし》ケ谷《がたに》という場所に住んでおり、彼は仕事を終えた夜を中心に事務所を訪問し、数日分の食事の準備をしてくれているそうだ。

どうやら二人は大学生の頃に一緒に住んでいたそうで、貴壱さんいわく、その時に甘やかしすぎたせいでこんなぐうたらになってしまったのだという。

「ごめんな、ナラちゃん。部屋の片づけは俺がやるし、休憩は事務所の方でしよか」

貴壱さんは私に謝罪したあと、事務所に続く廊下を引き返した。

先ほどまで壱弥さんが仕事をしていたデスクの前には、応接用の白いソファーとローテーブルがある。ソファーに座ると、私は紙袋のお菓子を順に広げていった。

清洛堂の看板商品でもある豆大福と、きな粉たっぷりのわらび餅、夏らしく煌めく琥珀糖。どれも、目移りしてしまうほどの魅力を秘めている。

二人は示し合わせたように豆大福に手を伸ばした。

「壱弥さん、仕事は終わりそうですか？」

「あぁ、あとちょっとやで」

とは言いながらも、壱弥さんは豆大福を片手に遠い目をする。

「ほな、暗くなってからでもええし、宵山に行きませんか？」

そう告げると、壱弥さんは不意を衝《つ》かれたように目を丸くした。

「宵山？　今日やったか」

「はい。この前、主計《かずえ》さんに浴衣のコーディネートしてもらったんで、それ着たくて」

「おまえ、いつの間に主計とそんねん仲良うなったん」

壱弥さんは怪訝《けげん》な表情をみせる。

「仲良くなったっていうか、主計さんはそういう仕事してはるんやん」

先月に初めて主計さんに会った際に、彼は着物のスタイリストの仕事もしていると話してくれた。ゆえに、浴衣が欲しいと思った時、自然と彼のことが浮かんだのだ。

「っていうか、浴衣で宵山って……デートでもするつもりか？」

「なんでそうなるん」

冗談なのか本気なのか分からない壱弥さんの言葉に、反射的に突っ込みをいれた。しかし、考えてみれば浴衣で宵山は確かにデートにもなるのかもしれない。

豆大福をかじりながら、彼はさらに怪訝な顔をした。

「宵山グルメが食べたいんですけど、一人やと心許《こころもと》ないから、壱弥さんみたいなおっきい人が付いてきてくれたら心強いなって思っただけです」

「なんやそういうことか。なんでわざわざ地獄みたいな人混みに行くんやと思った」

ようやく納得した様子で壱弥さんは言った。

ずっと静かに菓子を嗜んでいた貴壱さんが、ふと口を開く。

「ナラちゃん一人であの人混みに行かせるんはお前も心配やろ？」

そう、フォローをするように優しい口調で言葉を添えた。

宵山の人混みは想像を絶するもので、その祭りの中にたった一人で飛び込む不安を抱いていたのは確かであった。しかし、そうやって改めて庇護的な言葉を堂々と紡がれると、何となく恥ずかしい気持ちになってしまう。

貴壱さんの言葉を聞いた壱弥さんは、目を閉じてうんと考え込んだ。決して無理強いはしないことを伝えようとしたが、それよりも先に彼はおもむろに口を開く。

「分かった、一緒に行ったろ」

「え、ほんまに？」

私が念を押すように問うと、珍しく優しい目で笑った。


貴壱さんが淹れてくれた冷たい緑茶を飲み干すと、壱弥さんは少し調べものをすると言って、書斎へと姿を消した。

リビングからひとつ扉を隔てた先にある書斎には、祖父が大切にしていた本が並んでいる。その数が余りにも多すぎて、祖父が亡くなった今でも、ほとんどが整理されないままそこに置かれている。

収蔵されている書物は、法律に関するものばかりではない。祖父の好きだった小説や文学作品、絵本、雑誌など様々で、幼い頃に読み聞かせてもらった思い出のあるものも残されている。よく壱弥さんが読み耽っている洋書も、ここから抜き取ったものであった。

彼がいない間に掃除を終わらせてしまおうと、私は立ち上がった。貴壱さんも手伝ってくれると言って、手際よくそれぞれに作業を進めていく。

開始から三十分ほどが過ぎたところで、書斎から壱弥さんがふらりと出てきたが、そのまま事務所へと戻っていった。

どれほどの時間が経過したのだろう。

部屋の掃除を終えた頃、事務所で仕事をしていたはずの壱弥さんは、応接用のソファーで静かに寝息を立てていた。掃除を手伝ってくれていた貴壱さんは、その姿を見るなり鬼のような形相で叩き起こそうと手を伸ばす。

私はそれを制止した。

「このままやと宵山に間に合わへんなるで」

私は首を静かに横にふった。壱弥さんも、十分に休めずに疲れていたのだろう。

「べつにいいんです。宵山はまた来年もありますから」

私の言葉を聞いて、貴壱さんは「優しい子やな」と、微かに目を細めた。

陽が落ちる時刻になると、祭りの灯りが空を染め、滲む仄《ほの》かな橙《だいだい》色がとても鮮やかに見えた。歩行者天国になっているであろう四条通の賑わいが、窓を抜けて耳に届くような錯覚を抱かせる。

そんな幻想を掻き消すように、私はぴしゃりと窓を閉めた。

貴壱さんは病院からの電話を受け、少し前にこの事務所を発った。おおよそ予想はしていたのだろう。緊急の連絡にも慌てる様子は一切なく、そのクールな表情を崩すことはなかった。

私は眠る壱弥さんの前に座り、持参した参考書に視線を落とす。

それから三十分ほどが過ぎた頃、壱弥さんは眠そうな声を漏らしながらうっすらと目を開いた。その直後、彼は悪夢から目覚めたように唐突に上体を起こした。

「今何時!?」

「夜の七時過ぎです。おはようございます」

「おはよう。って、え、しちじ?」

寝起きの頭では情報処理に時間がかかるのか、彼は片言で私の言葉を復唱する。そして左手で目を擦り、改めて周囲を見回した。

「やってしもた、ごめん……」

その台詞《せりふ》とともに、彼の表情が曇っていくのが分かる。今から仕事に取りかかったとしても、終わる頃には深夜になってしまうだろう。

「気にせんとってください」

私が笑いながら言っても、彼は苦い表情をしたままだった。

壱弥さんはしばらく自己嫌悪に陥ったように考え込んでいたが、ふと思い立った様子で私を見やる。

「ナラ、明日暇か？」

「え？　はい、特に何も予定はないですけど」

「そしたら明日空けといて。仕事の後になるけど、ええとこ連れてったるわ」

壱弥さんは先ほどまでの暗い表情とは一変し、にやりと笑った。それは彼がときどき見せる何かを企むような表情で、それを易々《やすやす》と受け入れてもよいものなのかと躊躇《ためら》ってしまう。

しかし、揺れる黒髪の隙間から覗く瞳は真っ直ぐで、どうしてか先ほどまで抱いていた不安感は綺麗に消え失せた。

「分かりました」

壱弥さんはどこか安堵したような表情を浮かべたあと、再び口を開く。

「そういえば兄貴は？」

「病院から電話があって、帰らはりましたよ」

「緊急か。やっぱり医者って大変やな」

言葉では労《いたわ》るようには見せていたが、次の瞬間には「ざまあ」と小声で呟いた。驚いて彼の顔を見ると、あっけからんとした顔で首を掻いた。

「今なんか聞こえた気が」

「気のせいや」

「……二人って仲良いんか悪いんかどっちなん？」

「まぁ、五分五分くらいちゃう」

壱弥さんはグラスにお茶を注ぎながら、ゆるりと告げる。

「三つしか離れてへんからな。年が近いと馴れ合いも喧嘩もするわ」

「兄弟ってそういうもんなんですかね。私は一人っ子なんで、ちょっと羨ましいです」

世間では、やはり年を重ねると付き合いが希薄になっていく兄弟が多いのではないだろうか。しかし、二人の姿を見ていると、冷めた現代社会を感じさせないような信頼関係が根底にあるような気がしてくる。

そのせいか、壱弥さんも兄の言葉には少しだけ素直になるところもあるのだろう。

「私、貴壱さんみたいなお兄ちゃんが欲しいです」

貴壱さんの優しさを思い出すと、改めてそう思う。

「……べつにお兄ちゃんって呼んでもええんちゃう。実際、家族みたいやもんやし」

そう呟くと、壱弥さんは素っ気なく私から目線を逸らす。

「そしたら壱弥さんも私のお兄ちゃんですね」

「俺はおまえを妹にしたいとは思わんけどな」

「なんでなん」

彼はいつもの如く私をからかうように告げるが、その声音はどこか貴壱さんと似ていて、撫でるように低く落ち着いた音だった。

○

騒々しい蝉《せみ》の声が、庭の木々から迫《せ》り上がるように響く夏の朝。

冷蔵庫から取り出した冷水をグラスに注ぐと、まあるいビー玉のような泡がこぽこぽと音を立てて消えていった。グラスの結露が作る輪を、しっとりと中指でぬぐいとる。

すると、指先から身体《からだ》が冷えていくような心地がした。

透き通る冷水を一口だけ含んだ時、廊下からふらりと父が姿を見せた。

「ナラ、壱弥くんが来てる」

その言葉にどきりとした。

まだ朝の七時半を過ぎたばかりなのに、彼の名前を聞くことになるとは思いもしなかった。父は険しい顔をしたまま、彼から受け取ったであろうお菓子の紙袋を机に置いた。

どうしてこんな早朝に壱弥さんがやって来たのだろう。

彼の姿を確認するためにサンダルを履き、玄関を出ると、庭の飛び石をひとつずつ踏み進めていく。すると、家の前に壱弥さんの白い車が停まっているのが見えた。

よく見ると、車のそばにはインディゴブルーのスーツを召した壱弥さんが立っており、ぼんやりと空を見上げながら私を待っている様子だった。

「壱弥さん」

壱弥さんは私を見やる。そして、小さく左手を上げた。

「おはよ、出かけるで。……って何やその恰好」

そう、高校生の頃の青いジャージを着た私を見て眉を寄せる。

「何って、さっき起きたばっかやねんもん」

「やからってそのままでよう出てきたな、はよ着替えてこい」

壱弥さんは呆れながら私を追い返すように手を払った。

これは私見ではあるが、恐らく世の女子大生の半数が高校ジャージを部屋着として使用しているはずだ。ゆえに、珍しいことでもなんでもない。それなのに、彼の言葉を聞くとどうしてか恥ずかしいことのように思えてくる。

私は釈然としない心地で、元来た道を引き返した。


東の空で太陽が白く輝き、その周囲には濃い水色が澱《よど》みなく広がっている。道の端には鮮緑色の街路樹が並び、その景色を見送りながら車は真っ直ぐに国道を進んでいた。

自宅を出発してから十五分ほどになる。車はどこに向かっているのだろう。

隣の壱弥さんに視線を向けると、相変わらず整った横顔が映る。すうっと通った鼻筋と、違和感のない首元までのライン、くっきりとした二重瞼《まぶた》の目のバランスがとても美しい。

視線を窓の外に戻すと、まだもらった菓子折のお礼を告げていなかったことを思い出した。

「なぁ、壱弥さん」

名を呼ぶと、瞳だけが僅かに動き、私を一瞥《いちべつ》する。

「お菓子ありがとう。あれ、神戸のやつですよね。仕事で行ってきたんですか？」

「いや、伯母がおまえのとこにって送ってきてくれて」

「壱弥さんって昔は西宮《にしのみや》市に住んではったんでしたね」

私が問うと、彼は首肯した。

壱弥さんは京都の高校に進学する前は兵庫県に住んでいたのだと、私の母から聞いたことがあった。以前、彼が子供の頃に両親を亡くし、伯父母に引き取られたと話していたが、その伯父母が兵庫県西宮市に住んでいるのだろう。

まるで兄を追うように同じ大学に進学し、今でも同じ土地に住んでいる。そう考えるとやはり仲の良い兄弟なのだと改めて思う。

「ほな、伯母さんにもお礼を伝えておいてください」

「ん、言うとくわ」

壱弥さんは小さく欠伸を零しながら頷いた。その様子をみていると、私はふと思い出す。

「そういえば、壱弥さんがスーツ着てはるってことは、今から仕事に行くんですよね」

「そうや」

彼は左手で左折を示すウインカーを点滅させると、そのまま滑らかなカーブに沿って走り、沓掛《くつかけ》インターチェンジに進入する。

あっさりと肯定されてしまった事実に、私は少しだけ不安を覚えた。

「昨日、出かけるんは仕事の後って言いませんでしたか」

「まぁ、それはそうや。でも、ナラって観光とか好きやろ？」

「……好きですけど」

彼の言葉の意味がよく分からない。私が疑問符を浮かべると、壱弥さんはそれを払うようにゆっくりと告げる。

「天橋立《あまのはしだて》、行きたない？」

「行きたい」

彼の言葉をきいて、頭で考えるより先に口が滑った。

「せやろ。仕事で行くのは隣町の与謝野町《よさのちょう》やねんけど、調べてみたら思ったより近い場所でな」

私はようやく彼の意図を理解した。

京都市から天橋立のある宮津《みやづ》市までは、最低でも二時間はかかるはずだ。頻繁に行くことはない京都北部を訪れるのだ。そのついでに観光するのも悪くはない。彼はそう考えたのだろう。

「でも、壱弥さんが仕事してる間、私はどうしたらいいんですか？」

「それは大丈夫や。先方にはちゃんと助手を連れていくって伝えてあるから」

「え、助手？」

唐突に告げられた言葉に私は狼狽《ろうばい》した。その不安を察してか、壱弥さんはふっと表情を緩める。

「心配せんでも、なんも期待はしてへんで」

「それもちょっと腹立つ」

「なんや、めんどくさいやつやな」

壱弥さんは眉間に皺を寄せ、小さく溜息をついた。

「ほな、俺の隣で証言のメモでもしてくれたらええわ。一応、今回の依頼内容について、分かる限りは伝えとくから」

「じゃあ、それもメモしていいですか」

鞄から取り出した手帳を開くと、彼は頷いた。

「依頼者の名前は倭文源《しとりはじめ》、内容は遺品捜索や」

話は以下に続く。

倭文家は与謝野町に居を構える名家である。起業しているわけでも資産家でもないが、彼らは代々学者を輩出してきた家系であり、その功績から周囲の一般家庭よりはうんと裕福であることに変わりはなかった。

今回の依頼者である源さんは、五十歳になったばかりの学者であり、二十三歳の息子さんは東京の大学院に在籍している。依頼者の兄弟姉妹は三歳下の弟が一人。妻の七海子《なみこ》さんは数年前に病を患い、現在は病院で療養中だそうだ。

源さんは温和な性格で、年下の妻をとても大切にしている家庭的な男性だという評価が多かった。

今回捜索を依頼されたものは、先月に他界した彼の実母の遺品「ブルーサファイアの指輪」である。実物の写真はなく、その記憶は曖昧な点が多い。

しかし、母がとても大切にしていたものであり、遺品整理を繰り返すものの見つからないため、一縷《いちる》の望みをかけて壱弥さんのもとに依頼が持ち込まれたそうだ。

「まぁ、聞いた話と身辺を調べてこんなもんか」

壱弥さんは話を終えると、一息つくようにアイスコーヒーを口に運んだ。

ひとつずつ情報を落とさないように手帳に記していく。簡単な倭文家の系譜を書いた時、ひとつの空白が現れた。

「ちなみにですけど、依頼者の父親はご健在ですか？」

「いや、結構前に亡くなってはるな」

壱弥さんは思い返すように少しだけ目を細める。

「それじゃあ遺言書で特別な指定がない限り、母親の遺産は法定相続人第一順位の子供二人に相続された、ということですね」

追加で情報を書き込みながら告げると、壱弥さんは私に視線を向け、ふっと口元を緩めた。

「さすが法学部やな。多分確認はしてるやろうけど、弟が所持してる可能性も排除するつもりや。あんまり仲良くないみたいやで」

「そうなんですね、遺産相続で揉めてる可能性はないんでしょうか」

「相続についての協議は済んでるそうやから」

「ほな、大丈夫ですよね。宝石や貴金属も遺産になりますけど」

「多分」

何となく自信がなさそうにも聞こえる彼の返答は、私を不安にさせる。

しかし、ここで頭を悩ませたとして解決できる問題ではない。忘れないようにと、手帳の片隅に書き留めておいた。

壱弥さんは少し間を置いてから私を見やる。

「今回は捜索対象が『遺品』やから、ナラに助けてもらうこともあるかもしれへん」

そう、低い声で告げた。

高速道路を降りて進んでいくと、青々とした芝生が広がる場所を通り過ぎた。

そこは役場の近くにあるシーサイドパークという名の公園で、そこからも天橋立が横一文字に眺望できるそうだ。車の中からでは公園の向こうにある阿蘇海《あそかい》をはっきり見ることはできなかったが、ずっと遠くがきらきらと光っているのが分かった。

きっとそれが海だったのだろう。

それからほんの少しで、倭文家邸宅へと到着した。事前に指示されていた場所に壱弥さんは車を停める。

時刻は午前九時五十分過ぎ。約束の時間は午前十時だという。

「ほな、ゆっくり行こか」

倭文家はまさに旧家の屋敷とも言える大きな敷地にあった。土塀で囲まれ、その切れ目には木の格子門がそびえ立つ。門の脇には控えめに「倭文」と書かれた表札が掲げられていた。

「はい」

壱弥さんは右手の時計でちょうど十時になったことを確認し、インターホンを押した。

「春瀬《はるせ》です」

「お待ちしておりました。鍵を開けますので、そのまま門を閉めて真っ直ぐ入り口までお進みください」

向こう側から聞こえてくる声は、とても柔らかい。指示通りに進んでいくと、建物の入り口へと辿り着いた。硝子《ガラス》越しに人影が動き、扉がゆっくりと開いていく。

目の前に現れた人物は、気品のある雰囲気を纏った男性だった。

半袖のシャツに濃い灰色のネクタイをきっちりと締め、艶のあるシルバーのタイピンが留められている。背恰好は中肉中背で、細いメタルフレームの眼鏡が知的で誠実な印象を与えてくれる。

「おはようございます。遠くからご足労いただきありがとうございます。私が倭文源です」

そう、彼は深く頭を下げた。

「どうぞよろしくお願いします」

壱弥さんは差し出された手を握った。にっこりとほほえむ源さんの視線はゆっくりと移動し、私に注がれる。

「君が『社会勉強中の助手』さんかな？　可愛らしいお嬢さんやね」

「えっ、はい。高槻《たかつき》ナラと言います。本日はよろしくお願いします」

「こちらこそ、よろしくね」

勢いで肯定してしまったが、何か余計なものが聞こえたような気がした。隣で肩を震わせながら笑いをこらえる彼の様子を見ると、それが壱弥さんの仕業なのだと気付く。

「社会勉強中って」

「春瀬さんがそう言うんで、娘さんでも連れて来はるんかと思いました」

「未熟な学生やってことには変わりませんし、お手柔らかにお願いします」

柔らかく紡がれる壱弥さんの言葉を聞いて、私はようやくそれがただの嫌がらせによるものではないのだと理解した。

古めかしい廊下を進むと、象牙色《ぞうげ》の紙に梅と鶯《うぐいす》が描かれた襖《ふすま》が現れる。外観こそ武家屋敷のような仰々しさを纏っているが、内装は思っていたよりも素朴なものだった。

「こちらへどうぞ」

廊下は夏の蒸し暑さに晒されてはいたが、襖を越えた客間は私たちが訪問することを見越し、快適な温度に調整されていた。

源さんはあらかじめ準備していたグラスを盆の上で返し、冷えたお茶を注いでいく。そして可愛らしい竹細工のコースターにグラスを載せ、私たちの前に差し出した。

彼が向かいの席に着くと、壱弥さんは鞄からファイルを取り出し、彼の目の前に右手で書類を一枚ずつ並べていく。

「早速ですが、依頼内容の確認と契約書類の説明をさせていただきます」

壱弥さんの説明はとても理解しやすいものだった。二人の間で交わされる会話はとても滑らかで、滞りなく進んでいく。

依頼内容はここへ来る前に壱弥さんが話した通りであった。

亡くなった実母の遺品整理は済んでいるため、近親者間での過去の贈答の有無、遺品がどこかに隠されていないか、などを中心に調査をするそうだ。

調査内容を聞いた源さんが告げる。

「贈答に関してはないとは思います。あの指輪は若い頃に父が母に贈ったもので、ほんまに大事にしてたんで」

「そうかもしれませんが、念のための調査だけはさせていただきます」

「そうですか……もし他人の手に渡っていた場合、それはどうなるんでしょうか」

「お母様の意思で贈答されていた場合は僕がどうにかできる問題ではなくなります」

壱弥さんが顔色を変えずにきっぱりと言うと、源さんは少し複雑な表情を見せた。

その指輪はどれほど価値のあるものなのだろうか。「母が大切にしていた指輪」を形見として近くに置いておきたい気持ちは分からなくはないが、見つからないその指輪である必要があるのだろうか。

何か決定的な理由があることは推測できる。

サインが記された契約書を受け取ると、壱弥さんはもう一度内容を確認し直し、その控えを源さんに渡す。そして全ての書類をファイルへしまうと、私に視線を送った。

私ははっとして鞄から手帳と金魚柄のボールペンを取り出した。壱弥さんは視線を正面に戻す。

「指輪の所在に関する情報はありますか?」

源さんは首を横にふった。

「それが全くで。母が亡くなる直前、私と妻にくれた手紙があるんですけど、そこにも指輪や他の遺品に関することは一切書かれてませんでした」

「それを見せていただくことは」

念のため、とも言うように壱弥さんが尋ねると、彼は準備をしていたのか二通の手紙を壱弥さんに差し出した。順に中身を開き、黙読する彼の隣からそれを覗き込む。

手紙には感謝の気持ちが短く綴《つづ》られているだけで、とりわけ違和感を抱くものはない。

二通ともシンプルな白色の便箋の片隅に、ひとつには黄色い水仙のような花が、もうひとつには灰色の鳥がそれぞれに優しいタッチで描かれている。

そして、いずれの手紙にも、最後には同じ一文が添えられていた。

——私は、あなたたちの幸せをいつまでも願っています。

柔らかい筆跡と、優しい言葉。その手紙を読むだけで、亡くなった母親の人柄が読み取れる。

「ありがとうございます」

読み終えた手紙を源さんに返却すると、壱弥さんは続けて質問する。それは、指輪に関する詳細情報であった。

「指輪は、シルバーの流線型のリングに十五ミリほどのサファイアが装飾されたものです。石は紫がかった深い青色で、海みたいな色やって母がよく言うてました」

「それをお母様が大切にしてはったんは、どうしてですか？」

「先ほどもお伝えしましたけど、あれは父が母に贈ったものなんです。母はそれを父の愛情そのものやって大切にしてました」

源さんの話によると、その指輪は夫婦喧嘩ののちに父が母に謝罪とともに贈ったものであるそうだ。

ブルーサファイアには「誠実」「慈愛」という意味が込められ、一途《いちず》な愛を貫くというメッセージを持つとも言われている。ゆえに、それを贈ることで「深い愛情」をもって「一途な愛」を誓ったそうだ。

源さんはそんなエピソードを話しながら慈しむような顔を見せる。その彼の表情と言葉から、先ほどの疑問は一気に打ち払われた。

ただ、去った両親の想いが詰まった指輪を取り戻したいという純粋な気持ちなのだ。他のものではない、その指輪だからこそ価値のあるものだということがよく伝わってくる。

源さんは再び言葉を紡いでいく。

「もしも指輪が見つかったら、私はそれを妻に贈りたいと思ってます。もうすぐ結婚して二十五年目の記念日なんです」

源さんは少しだけ照れくさそうにほほえんだ。その彼の想いが余りにも純粋で、私は思わず息を呑む。指輪とともに誓いを立てるその瞬間を思い浮かべるだけで、自然と胸が高鳴りを覚えた。

「すごい素敵ですね」

そう言うと、源さんは目を細めた。

「ありがとう、ナラちゃん。今日の午後に妻のところへ見舞いに行く予定なんですけど、仕事に差し支えがなければお二人も一緒に行きませんか。毎日退屈そうにしてるんで、ぜひ若いお二人の話を聞かせてあげてほしいんです」

彼の言葉を聞いて、夢から覚めるように思い出す。そう言えば、はじめに聞かされていたはずだった。数年前からずっと、妻が病気で療養をしているということを。

そう思うと、彼が指輪を贈りたいと願った気持ちが、さらに複雑なものであるような気がした。

壱弥さんに視線を向けると、彼はゆっくりと口を開く。

「奥様がよければぜひ。僕たちもお話ししたいと思っておりましたので」

つい先ほどまで真顔で考え込んでいた壱弥さんが、一変して爽やかな声で返答した。

源さんの目にはきっと彼が好青年として映っているだろう。しかしその不自然な笑顔が、私にとってはどこか気味の悪いもののように感じられた。


海辺の道を走り抜けると、田舎の町並みの中に突然大きな総合病院が現れた。

案内に従って個室に足を踏み入れた途端、甘く優しいカミツレの香りがふわりと弾けていく。入り口からちょうど抜けて見える窓は開け放たれ、外は鮮やかな紺碧で満たされていた。

ふと視線を病室内に向けると、水色の病衣に青いストールを羽織った女性がベッドの端に座っている。その隣で、柔らかい笑顔を零す男性が彼女に話しかけていた。

「七海子」

名を呼ばれた女性は顔を上げる。

「あれ、源さん？」

不思議そうな顔で彼女は夫の名を呼び返した。直後、隣にいた男性が立ち上がる。その動作を目で追うように、七海子さんはゆっくりと視線を移動させた。

四十代くらいだろうか。すらりと背の高いその男性はもう一度柔らかい表情で七海子さんに笑いかける。

「ほなまたね」

そう言い残すと、男性は手にしていたサマーカーディガンに袖を通し、私たちのそばをするりと抜けていった。

私たちには目もくれない男性の様子に、私は少しだけ違和感を抱いた。

「さっきの方は弟さんですか？」

問いかける壱弥さんの言葉に、やはり男性は意図的にこちらの存在を無視していたのだと理解する。厳密に言うと私たちではなく、兄である源さんのことを、だ。

兄弟が不仲であることは先に壱弥さんから聞いていたことであった。

「えぇ、弟の優志《ゆうし》です。すいません、挨拶のひとつもない無礼な弟で」

源さんは困った様子で少しだけ眉尻を下げ、苦笑する。

壱弥さんは「いえ」と低い声で言った。

「源さん、そちらの方は？」

七海子さんは、焦点を合わせるように目を細めながら私たちの顔を見やった。

光を受けて輝く彼女の白い肌はどこか病的で、袖口から覗く手首はひどく細い。深く被った帽子の陰から見える深海のような黒い瞳が、彼女の儚げな美しさを強調するようだった。

「昨日話した探偵の春瀬さんと助手の高槻さんやで」

「まぁ、探偵さん。こんなとこまで来てくれはったん？」

源さんからの紹介を受けて、私たちはそれぞれに頭を下げた。

嬉しそうにほほえみながら、七海子さんはベッドからゆっくりと立ち上がる。そして、どこかぎこちない足取りで私たちのそばまで歩み寄ると、応接用のソファーへと腰を下ろした。

私たちもそれに倣う。

「よう見たらお二人とも若いんやね。京都で有名な探偵さんやって聞いてたし、勝手に強《こわ》面《もて》のおじさんを想像してたわぁ」

「僕は三十代ですし、おじさんといえば、まぁ。こっちはまだ大学生ですけど」

「あら、おじさんなん？」

あっさりと返す七海子さんの言葉を聞いて、私は思わず吹きだした。

「なに笑《わろ》てんねん」

「やって、自分でおじさんって言うから」

彼の普段の生活を見ていると、確かに言動のおじさん臭さは否定できない。壱弥さんは眉を寄せ、怖い顔で私を睨みつけた。

「高槻さんは大学生なんやね。下の名前はなんていうん？」

やかな色味のコーディネートだ。

「はい。ナラ、と言います」

「ナラちゃんかぁ、可愛い名前やね。それにその服、ミントチョコレートみたいや」

見下ろすと、爽やかなミントグリーンのパンツが目に映る。夏らしいクロップドパンツに、白いシフォンのブラウスと白い薄手のカーディガン。涼しげな印象を与えてくれる爽やかな色味のコーディネートだ。

すると、壱弥さんが私だけに届くほどの小さな声で「青ジャージーやったやん」と言ったため、私は思わず彼の足をサンダルで踏みつぶした。

すかさず足を引っ込めた壱弥さんは、鬼でも見るような顔をしていたが、倭文夫妻の手前、すぐに元のクールな表情を作り上げる。

その一部始終を目撃していたのか、後ろで紅茶を運ぶ源さんが小さく笑った。

「お二人とも、仲いいんですね」

そう、彼はくすくすと笑いながら温かい湯気の昇るカップを机に並べていく。その芳《かぐわ》しい紅茶の香りに、先ほどまでの腹立たしさも綺麗に消えていった。

覗き込んだ先には、透きとおる橙色と、長方形のバターサンドがあった。透明のフィルムに包まれたサブレの表面には、可愛らしい団子の焼き印が施されている。

それは壱弥さんの手土産で、京都にあるみたらし団子の老舗が作った「みたらしバターサンド」というものである。そそられるその名の通り、和と洋を見事に融合させたもので、優しバタークリームの中には甘じょっぱいたれがサンドされている。

七海子さんはきらりと目を輝かせた。

「このみたらし団子のお店知ってるで。大学の頃によう食べたよな、源さん」

「あぁ、あの四角いみたらし団子やろ」

どうやら見覚えがあるらしく、懐かしむようにお菓子のパッケージに印刷された店の名前と梅の絵を眺めている。

「お二人も、大学は京都やったんですか？」

「そうなんですよ。大学の先輩後輩で」

源さんが告げると、七海子さんは漆黒の目を細めた。

「私と源さんは一緒に海洋生物学の研究をしてたんやで。私は元々京都市の出身やねんけど、結婚してこっちに一緒にきてん。市内から離れてるしちょっと不便やけど、海の近くの町ってやっぱり憧れもあって」

そう、七海子さんは窓枠に切り取られた景色にぼんやりと目を向けた。

ずっと遠くで、紺碧の海がきらきらと輝いている。

「七海子さんは海がお好きなんですね」

私の言葉に七海子さんは嬉しそうに頷いたあと、私たちに視線を戻す。

「海って見てるだけで嫌なことも全部浚《さら》っていってくれるような、そんな穏やかな気持ちにさせてくれると思わへん？」

海は母性の象徴だと聞いたことがある。彼女の言う通り、打ち寄せる波の音を聴いているだけで、心を優しく包み込んでくれるような温かい心地にさせてくれる。そんな海の雄大さに、人々は無条件に惹かれてしまうのだろう。

嬉々として海の魅力を語る彼女は、病気を抱えているとは感じさせないほど、瑞々しい表情をしていた。

「今更やけど、お二人がここに来たのって、私に用事があってのことですよね」

紅茶を口にしていた壱弥さんは、一呼吸置いてからゆっくりと頷く。みたらしバターサンドをひとつぺろりと食べ終えた七海子さんは、紅茶に甘い角砂糖を落とし、ティースプーンでくるりとかき混ぜた。

きっとこれからが話の本題になるのだろう。私は食べかけの菓子を一度お皿に乗せた。そして鞄から取り出した手帳を開き、ペンを握る。

「お義母様が宝石の贈与されていた、ということは聞いたことはありませんか」

「……あぁ、サファイアの指輪を捜してくれてはるんやっけ？」

壱弥さんは真剣な表情でそれに首肯する。

「お義母さんはあの指輪を絶対に手放さへんと思います。お義父さんとの思い出のあるものはひとつも手放してへんし、お金に換えるとしても、もっと価値があって売っていいものなんてようさんあるし」

隣で耳を傾ける源さんもまたその言葉を肯定する。予想通りの反応だと言わんばかりに、壱弥さんは小さく頷いた。

「奥様が、お義母様からもらったものは何かございますか？」

「それならこのペンダントですかね。あと、トパーズのピアスもずっと昔に」

七海子さんは、壱弥さんに見せるように首元から下げていた大きなロケットペンダントを持ち上げた。

それは銀色の貝殻を模した形をしており、扉を開くと淡い橙色のライトが灯る仕組みになっている。照らされた笑顔の夫婦写真の上には、台座に載った赤い宝石が装飾されていた。

光の加減によってやや紫がかった深い色味が浮かび上がる。

「これは、私の病気が治るようにってくれはったんです」

「そうなんですね。この宝石はルビーでしょうか？」

「さぁ……私は宝石には詳しくないんで……」

そう申し訳なさそうに呟くと、彼女は静かにペンダントを閉じた。

源さんが補うように告げる。

「多分ルビーで合ってると思います。ルビーはパワーストーンとして病気を癒す力があるって信じられてますから。母はそういったまじないのようなものが好きでしたので、七海子の言うように病気平癒を込めて贈ったんやと思います」

なるほど、と壱弥さんは口元に手を添えた。

ならばトパーズはどうなのだろうか。そう尋ねると、七海子さんは首をふった。

「あれは私に似合うやろってくれはったもんやし、深い意味はないと思います」

壱弥さんは頭をさげた。

「では他に、遺品整理の際に気が付いたことはありませんか？」

「私は特に何も。源さんは何かあった？」

七海子さんが質問をふると、源さんは思い返すように視線を頭上に移動させる。しかし、何も思い付かなかったのか、ゆっくりと首を横にふった。

「そうですか。お母様が所持していた宝石の把握はされてましたか？」

「いいえ、さすがに母の私物までは分かりません」

「それなら、遺品として挙がってるものが全て、という確信はないんですね」

「そうなりますね」

やはり、あの指輪を手放すなどあり得ないと二人が口を揃えて話すゆえ、どこかに保管されている可能性が一番高いと考えているのだろう。壱弥さんが礼を告げると、ようやく話が終わったのだと深く息をついた。

直後、源さんのスマートフォンが鳴り響く。

「すいません、仕事の電話です」

そう、断りを入れてから彼は電話に応答する。そして短いやり取りを交わしたあと、一度病室を抜けた。

その背中を見送ってから、七海子さんは静かに口を開く。

「春瀬さん、今のうちに聞きたいことあったらなんでもどうぞ」

七海子さんはまだ温かいティーカップに指をかけた。

「源さんがおらん方が聞きやすいこともあるやろ」

「お気遣いありがとうございます」

壱弥さんにつられて私も頭を下げる。

「少し気になったんですが、七海子さんは目が悪いんですか？」

その質問に彼女は驚き、なぜ分かったのかと問い返した。

「視線が合いにくいというか、顔を見る際に少し目を細めますよね。それでもしかしたらって」

壱弥さんの言う通り、彼女の目は焦点を合わせるように細められることが多いように思う。

「視力障害は治療の副作用でな、正直に言うと、ここからやと外の海もよく見えへんねん」

彼女は悲しげな表情を浮かべた。しかし、その憂いを誤魔化すようににっこりと笑う。

「それより、聞きたいことって何やった？」

「すいません。義弟様のことをお伺いできればと思いまして」

「あぁ、優志くんのことな」

そう、七海子さんは吐息を漏らすように呟いた。その声音は少し曇る。

「ご主人様と義弟様はあまり良い仲ではないそうですね」

「そうやねん。優志くんは優しい子やけど、源さんのことを一方的に恨んでるところがあって……」

「恨んでる……？」

「倭文家に学者が多いのは知ってはりますよね。優志くんは、学者になるのを辞めた子やから、家にもいづらかったんやと思う」

つまり、その根源は優秀な兄に対する劣等感ということだ。

ただ、彼が夢を諦めたのも随分と昔の話であり、そのまま実家のある街を離れてしまっているため、そのいきさつについては彼女もあまり詳しくは知らないようだった。

「私とは昔から仲良くしてくれてて、最近は源さんが忙しいから私が退屈してるやろって、今日みたいによく話し相手になってくれてるんやで」

「そうなんですね。どんな話をされるんですか？」

「私が好きな本とかテレビの話もするし、海の話もするし、この前は海が綺麗に見えるところがあるって教えてくれはってん」

彼女の話を聞いていると、思ったほど悪い人のようには感じられない。しかし、源さんに対する態度だけはあのような調子で、ほとんど口を利くことはないそうだ。

七海子さんは困った表情を見せる。

「でも、先月にお義母さんが亡くならはって、顔を合わさざるを得へんかったやろ。それから兄弟で遺産分割をしてるんやけど、何や揉めてるみたいでな」

「揉めてる……？」

「はい、宝石の分割のことで」

悪い予感が的中したようだった。その事実を知った壱弥さんは眉を寄せる。

「遺言書では、現物で相続指定したものもあったみたいですけど、大方は書かれてへんかったらしいんです。優志くんは宝石を換金して分割したいって言わはったんやけど、宝石はお義母さんの思い入れのあるもんばっかやから、源さんがそれを許さへんかった」

源さんの想いを考えると、その選択は間違いではないのだろう。

しかし、現実では宝石類には換金して平等に分割する「換価分割」が選択されることが多い。宝石の価値を鑑定したとしても、それを平等に分けることが難しいというのが理由だ。

それでも「現物分割」を行うというのであれば、遺産相続人全員が納得するまで話し合うことが必要となる。ただ、損得からトラブルが起こりやすいこともまた事実であった。

ならばどのように分割をすれば良いのだろうか。

その選択肢のひとつに「代償分割」というものがある。特定の人が現物を取得し、その他の相続人に対して相続分の価格を支払うという合理的なものだ。

しかし、現物が見つからなければ相続以前の問題となる。もしも後から宝石が見つかってしまったのなら、トラブルの火種にもなりかねない。

ゆえに、源さんは指輪を見つけることを優先したのかもしれない。

七海子さんは視線を窓の外に向けた。

「そういえば源さん、私にあの指輪を贈りたいって言うてたやろ」

そう呟きながら、彼女は寒さをしのぐように両手を摺り合わせる。部屋の冷房と海風で冷えるのだろうか。彼女はゆっくりと言葉を続けていく。

「でもな、多分そんなんただの口実や。源さんは、お義母さんの大事にしてたものを取り戻して、お義母さんの想いをそばに置いておきたいだけや。私はあんな指輪なんてなくてもええのに」

彼女は抑揚のない声で秘めた心を吐露するように言った。その目は、海よりもずっと遠くを見つめているようにもみえる。

「どうせ源さんは優志くんのこと隠したまま春瀬さんに依頼したんやろうし、お二人も面倒ごとには巻き込まれたくないやろ。この依頼、断ってくれてもええんやで。源さんのことは私からも説得してあげるし」

どこか諦めにも似た哀愁を感じさせる言葉に、私はなんとなくもやもやとした気持ちを抱いた。壱弥さんは少しだけ困った表情を見せながら、静かに首を横にふる。

「いえ、依頼は受けさせていただきます」

隣に座る彼を見上げると、壱弥さんは目の前の彼女の表情の変化を見逃さないように、琥珀色の瞳を鋭く光らせていた。


トパーズのピアス。私たちが見たそれは、流水のように手の中で輝いていた。

ずっと黄色い宝石を想像していたが、実際はブルートパーズという爽やかな水色の貴石だった。

雫が落ちるように装飾されたピアスは、きっと耳元で波のように揺れるのだろう。その色形の全てが、七海子さんの肌によく似合うものだと思った。

午後四時前。

倭文家邸宅に戻ったあと、源さんは仕事の都合によって再度家を出なければならなくなったそうだ。申し訳なさそうに謝罪をする源さんに向かって、壱弥さんは笑顔で言葉を返す。

調査は明日へ持ち越しということなのだろう。

「おひとつ、よろしいですか」

屋敷を出る直前、壱弥さんは源さんに声をかけた。

「変なことお聞きしますけど、奥様とお母様の仲は良かったんですよね」

「そうですね。私よりも仲良いんやないかって思うくらいでしたよ」

当然の返答だった。そうでなければ相手のことを想って選んだこのピアスやペンダントを贈ったりはしないはずだ。

ありがとうございます、と壱弥さんは質問の意図を感じさせない柔らかい声で告げた。

天橋立を南から眺めるビューランドからの景観は「飛龍観《ひりゅうかん》」と呼ばれている。

ここは、有名な股覗きができる場所で、逆さまになった景色が大空に舞い上がる龍のように見えることがその名の由来であった。

モノレールを降りると、撫でるような柔らかい風が壱弥さんの黒髪を揺らしていった。

車内にネクタイを残してきた彼は、白いシャツのボタンをふたつ外し、軽く上着を羽織っている。

展望台に上がると、目の前の絶景に私は声を上げた。

左右を埋める青い海と、中央に架かる鮮やかな緑。その上空には夏の空が駆け巡る。

展望台には上らないまま、壱弥さんは私の隣に立った。

ずっと昔、一度だけこの場所を訪れたことがあった。祖父に手を引かれながら、この展望台に上ったことも覚えている。

あの日も、今日と同じ暑い七月の午後で、吹き抜けていく涼風が心地よかった。

「小さい頃、お祖父ちゃんと一緒にここに来たことあるんです。父が転勤ばっかりやったから、代わりにお祖父ちゃんが色んなとこに連れてってくれて」

「匡一朗《きょういちろう》さんと、か」

祖父の名前を告げる壱弥さんの声は温かい。

思い返せばあの時、いつかまたここに来ようと約束を交わしたはずだった。しかし、その約束は何年もずっと忘れられ、結局叶うことはなかった。

「懐かしいなぁ」

私は祖父のことをぼんやりと思い出す。

「壱弥さんはいつからお祖父ちゃんと知り合いなんですか？」

「あぁ、多分俺が小学校入ってすぐちゃうかな」

「そんな小さい頃なんですか？」

もちろん、まだ私が生まれていない頃だ。壱弥さんは不思議そうな顔でそれを肯定する。

私はふと疑問を抱いた。

「壱弥さんって、兵庫県の出身とちゃうんですね」

「うん、京都やで」

私が母から聞いたのは、昔は兵庫県に住んでいたということだけだった。ゆえに、勝手に出身も兵庫県だとばかり思っていた。しかし、元々は京都の生まれで、両親が亡くなった際に兵庫県に移住し、進学と同時にまた元の地へと戻ったということなのだろう。

「匡一朗さんと初めて会《お》うたんは、兄貴と遊んでた時やな。確か、俺が転んだのを助けてくれはって」

「え、転《こ》けたん？　どんくさ」

「おまえには言われたないわ」

そう、彼は口先を尖らせる。

壱弥さんは、よく貴壱さんと一緒に円山公園に遊びに出かけていたそうだ。そこで、兄とふざけていた彼は砂利道で盛大に転び、あまりの痛みにひどく泣きじゃくった。その時、たまたま近くにいて怪我の手当をしてくれたのが祖父だったという。

「俺、小学生の頃に両親を亡くしてるって言うたやろ」

それは、以前彼の口から直接聞いた話だった。けれど、彼の両親が亡くなった理由は知らない。ただ、両親を同時に、ということは、きっと事故のような突然の不幸が原因なのだろう。

「伯母さんところに引き取られるまでの間、匡一朗さんには色々お世話になったんやで」

それは、生活の話だけではない。唐突に両親を亡くしたことで、不安定になった幼い心を少しでも癒すことができるよう。祖父は毎日のように兄弟に色んな話を聞かせ続けた。

過去を悔やまないように。

現実に絶望しないように。

未来に影が落ちてしまわないように。

「今の俺は、匡一朗さんがいたからこそ在るようなもんや」

壱弥さんは優しい表情をみせる。

大好きな祖父は壱弥さんの中にもちゃんと生きていて、彼の人生の一部を形成している。そう思うと、嬉しくもあり、そして少し不思議な気持ちにもなった。

「匡一朗さんの代わりとまではいかへんけど、たまには一緒に出かけたってもええよ。俺がどこにでも連れてったるわ」

彼は目線を外しながら、いつもの緩い口調でそう言った。

「ありがとう、壱弥さん。でも、私ももう子供ちゃうし、一人でも出かけられるから大丈夫やで」

かけられた優しい言葉を胸にしまって、私は展望台を飛び降りた。

もう一度目が合った彼が何かを呟いたような気がしたが、幻だったかのようにすぐに私から視線を逸らす。

きらきらと光る海には、変わらず天に昇る橋が架かっていた。

○

午前七時。日曜日である今日も、本来なら翌月の頭に控えた試験のために勉強に励まなければならなかった。しかし、どうしても依頼の行く末が気になった私は、無理を言って壱弥さんに同行させてもらうことになった。

昨日とは異なって予定時刻通りに起床した私は、約束よりも少し早めに出発しようとリビングの前を通り過ぎる。その時、新聞を読んでいた父に呼び止められた。

「最近ずっと壱弥くんのところに行ってるんやってな」

なんとなく嫌な予感がした。

「今日は用事で一緒に出かけるだけで……」

「母さんからは、彼の仕事の手伝いしてるって聞いたんやけど」

私を咎める父の視線は鋭く、その場から簡単には逃げ出すことをゆるさない。嫌な緊張感のせいか、手のひらにじわりと汗が滲む。

「大学のことはどうなんや。もうすぐ試験やし、遊んでる暇はないやろ」

遊んでいるつもりはないが、父には何を言っても敵う気がしない。恐らくは、言葉を発するたびに自分の首を絞めることになるだろう。

「それに、壱弥くんは一人暮らしやろ。一人で若い男の家に行って、何かあったらどうするんや。もうちょっと警戒しやなあかん」

「……壱弥さんはそんな人ちゃうもん」

きっと、その言葉は私を心配してのものなのだろう。しかし淡々と告げる父の声を聞くと、どうしてか彼のことを悪く言われているような気がしてならない。

思わず反論をしてしまった私に、父は呆れた様子で溜息をついた。

「お前がこのまま勉強を疎かにするんやったら、これから事務所に行くくんは禁止や。そうなったら、壱弥くんにも出てってもらうことになるかもしれへんし、覚えとくんやで」

「なんで……」

父の容赦のない台詞に、私は声を上げた。

「試験とか勉強とかは全部私の問題なんやし、壱弥さんが出ていかなあかん意味が分からへん」

ただ私に勉強をさせたいだけなのであれば、前者だけで十分なはずだ。それなのに、敵えてそのようなことを告げる理由は何か。そう考えると、父は私が事務所を訪《おとな》うことをあまり快く思っていないのかもしれないと気付く。

元々、私が事務所を訪れるようになったのも、事務所の管理や母に代わって家賃を受け取りに行っていたことがきっかけだった。

父はゆっくりと手元の新聞に視線を戻す。そして、独り言を零すように口を開いた。

「壱弥くんがあそこに住んでるんも元は親父の我儘《わがまま》でやし、彼にとっても不本意なことやろ」

紡がれた言葉の意味がよく分からなかった。何も言えないまま、私は父から逸らした視線を足元に落とす。

きっとこのままでは私のせいで壱弥さんに迷惑をかけることになるだろう。それだけは絶対に避けなければならない。

「……心配しやんでも、ちゃんと勉強はしてるから」

そう、絞り出した声とともに顔を上げる。不満気な父の顔を捉えると、その視線をふり切るように、私は真っ直ぐに玄関を飛び出した。

待ち合わせていた大通りには既に彼の白い車があった。助手席の窓から覗き込むと、壱弥さんは小さく左手を上げる。

「今日は早かったな」

中に乗り込み、シートベルトを装着すると、車はゆっくりと動き出す。

「……壱弥さん、私やっぱり今日行くのやめよかなって思うんです」

そう小さく零すと、壱弥さんは助手席の私を一瞥し、怪訝な表情を見せた。

「とか言うて、ちゃっかり車に乗ってるやん」

車は停止する気配を見せない。

「なんや？　ついに匡奈生《まさなお》さんに何か言われたんか」

告げられた父の名に私が驚くと、壱弥さんは「図星か」と眉を寄せた。私は静かに頷く。

「私が勉強せんと壱弥さんのとこばっかり行ってるって怒ってて」

「まぁ、事実やな」

「……あと、壱弥さんは一人暮らしやから、一人で家に行くのは危ないって」

壱弥さんは半分ほど目を細めた。

「つまり、匡奈生さんは俺がおまえに手出さへんか心配してるわけやな」

「はい。私はなんも心配してませんけど」

「当たり前や、ほんのちょっと前までランドセル背負てたような子供に誰が手出すねん。さすがにそこまで見境なく手出さへんわ」

壱弥さんは鼻で笑うような乾いた声で、きっぱりと言い捨てた。

「ランドセルって、ぜんぜんちょっと前ちゃうやん」

「十年以内はちょっとや」

「壱弥さん……時間感覚がおじいちゃんやな」

私がそう言うと、壱弥さんはまた眉をひそめる。

彼とは十歳以上も年が離れているが、言ってもまだ三十をすぎたばかりだ。それなのにひどく年老いたことを言うものだと、私は少しだけ笑ってしまった。

光り輝く青い海を眺望しながら海辺を進んでいくと、潮の香りがうっすらと抜けていった。

約束の時刻を目前に倭文家邸宅へと到着すると、昨日と同じ柔らかい物腰の源さんが私たちを出迎えてくれた。彼のあとを追うように入り組んだ廊下を歩き進めると、外観とは随分と雰囲気の違う洋間へと躍り出る。

藍色を基調にしたアンティーク絨毯と同じ色の壁紙に、白のヴィンテージ家具。決して大きいとは言えない部屋ではあるが、きっちりと纏め上げられた空間を目にした私たちは、無意識に感嘆の声を漏らしていた。

中央には小ぶりの机と椅子が並び、左右の壁には白色の扉がひとつずつ確認できる。

「この右側が、母の自室です。宝石以外はほとんどそのままにしてあるんで、好きに調べていただいて構いません」

部屋のすぐ右手にある扉を示しながら、源さんは言った。

「ちなみに、こちらの扉はなんですか？」

左手の扉について私が尋ねると、源さんはにっこりと表情を和らげる。

「そこは寝室ですね」

「そちらも見せていただくことは出来ますか？」

「別に構いませんよ。大したもんは無いと思いますけど」

目を細めた彼は、そのまま中央の椅子に座るようにと私たちを誘導していった。

白い椅子に腰を下ろすと、よく冷えたお茶と簡単なお菓子が手際良く差し出された。籠の中には小さなチョコレートや、焼き菓子が詰まっている。

「疲れたらいつでもこちらで休憩してくださいね」

源さんは私たちに向かって優しくほほえみかけたあと、壱弥さんに声をかける。

「そういえば昨日、妻が変なことを言うたみたいで、すいませんでした」

彼は少し困った表情で、静かに頭を下げた。

「妻があんなことを言うたんは、私が母の遺品のことに時間を割いてるからやと思います」

あんなこと、とは昨日、七海子さんが零した不満のことなのだろう。

私は彼の言葉を記録しようと、鞄から取り出した手帳を膝の上で開く。顔を上げると、視界の端で壱弥さんがにやりと笑うのが見えた。

その時、私は昨日の別れ際に壱弥さんが投げた不自然な質問を思い出した。

きっと敢えて違和感を与えることで、真実を炙り出そうとしたのだろう。そう思うと、調査では言葉の駆け引きも重要になるのだと気付く。同時に、その計算された彼の言動が少し恐ろしいもののように感じられた。

源さんは眼鏡の奥で瞳を伏せる。

「実は、弟と遺産相続のことで揉めてるんです。妻のところに行く時間が少なくなってるんも事実で、それが妻の不満に繋がってることも分かってます」

彼の言音はどこか憂いを帯びる。

「ただ、私がなかなか面会に行けへんのを良いことに、弟が私の目を盗んで頻繁に面会に行ってるみたいなんです。妻と弟は私よりも年が近いですし、昔から仲は良かったみたいですけど、頻繁に面会に来るようになったんは母が亡くなってからで」

その行為が自分に対する当てつけのようにも感じられ、源さんは弟に対して嫌悪感を抱いているようであった。

壱弥さんは彼の言葉を耳に、少しだけ首を捻る。

「その、弟さんとの揉めごとに、指輪は関係してるんでしょうか」

「……無関係とは言えへんかもしれません」

源さんが話したことは、おおよそは七海子さんの言葉通りであった。

「母の遺言書は、妻がまだ元気やった三年ほど前に作成したものなんです。その時とは状況も変わってますし、もしかするとどこかに新しい遺言書があるんかもしれません」

「その遺言書って、公正証書ですか？」

私が尋ねると、源さんは私を見やった。

「そうです。弟のこと、黙っててすみませんでした」

源さんが謝罪すると、壱弥さんは柔らかく告げる。

「いいえ、僕たちが直接遺産相続に関与するわけではないんで、いずれにせよ依頼通りに指輪を捜すだけですよ」

彼は深く頭を下げた。

源さんはこれから仕事をしなければならないそうで、彼の立ち会いはなく、調査は二人だけで行うことになった。

部屋に繋がる扉を静かに開くと、閉じ込められていた空気が溢れ出すように、その生暖かさがふわりと全身を包み込んだ。顔を上げた先には、古い本がぎっしりと詰まった大きな本棚が見える。それは壁の半分ほどを埋めるように天井にまで続き、どこか覆い被さるような威圧感を放っていた。

かたわらには落ち着いた水色のキャビネットが置かれ、反対側の壁際には宝石を収納していたであろうジュエリーボックスと、キャビネットと同じ色のソファーとテーブルが並んでいた。

鮮やかな日差しを通す一面の窓が、部屋全体を明るく見せている。

気が付くと、壱弥さんは静かに本棚を見上げていた。私よりもはるかに背の高い彼であっても、恐らく上方の棚には手が届かないだろう。

ゆえに、天井まで届く木の梯子が設置されている。

「えらいまた大掛かりなもんやな」

壱弥さんが一冊の本を手に取ると、埃《ほこり》っぽい匂いが鼻先を掠める。きっと長い期間、誰も手を触れていなかったのだろう。

ただ、全て著者ごとに並べられているところを見ると、彼女が几帳面な性格であったのだと分かる。

恐らく、手掛かりのない現状では全ての本を虱潰しに調べていくことになるのだろう。しかし、一冊ずつ開いて確認しなければならないとなると、当然一日でどうにかできる作業ではない。

壱弥さんは頭を悩ませるように低い声を上げた。

「……取り敢えず、寝室も覗いてみるか」

彼は珍しく弱気な口調で、手にしたはずの本を静かに元の隙間に収める。その提案に賛同し、私たちは一度部屋を退去した。

踵を返した壱弥さんは、真向かいの寝室の扉を躊躇いなく開く。

中には自室と同じ大きな窓があり、厚い遮光カーテンがかけられていた。先ほどの部屋とは異なって、深い暗闇に沈んでいる。

入り口のスイッチで部屋の照明を灯すと、ようやく寝室の中央に大きめのアンティークベッドがぽつりと残されているのが見えた。

その奥にあるクローゼットは既に整理され、何も残されてはいない。足元に敷かれた藍色の絨毯には、黄色い花と水辺を連想させる絵が描かれており、それがどことなく人目を引いた。

ふと、その花に既視感を抱く。

「この花、どっかで見たような気したんですけど……」

「あぁ、これは水仙やな」

私の声に壱弥さんは静かに膝を折り、黄色い花を指先で撫でた。

星形にも似た六枚の花弁の中央には橙色の副冠があり、濃い緑色の線形の葉がその花の特徴を表している。

「確かに、どっかで見た気もするな」

可憐な花を眺めながら、壱弥さんもまたうんと考え込んだ。

既視感の正体を確かめるために、私たちはそれぞれに記憶を巡らせる。想起するように瞼を下ろした直後、彼は何かを思い出した様子ではっと顔を上げた。

「手紙や」

彼の言葉に、私もようやく気が付いた。

それは、契約書の説明の際に見た手紙に描かれていた花である。確か、二通のうちのひとつに、水彩画のようなタッチで黄色い花が描かれていたはずだ。

「水仙、好きやったんやろか」

「そうかもしれへん」

ただの偶然かもしれないが、彼女の好いた花である可能性は十分にある。

「念のため、ベッドの下も調べておくか」

彼の指示に従って、ベッドを移動させるために足元に手をかける。しかしベッドは想像以上に重く、私の力ではびくともしない。

それなのに、どうしてか壱弥さんが持ち上げた頭側だけが微かに浮き上がった。

その様子を見た壱弥さんは、半目で眉間に皺を寄せた変な顔で、冷ややかな視線を私に注いだ。

「真面目にやれ」

「やってます。壱弥さんには言われたくないです」

「おまえそんなか弱ないやろ」

「でも、全然上がらへんねんもん」

もう一度手をかけてみるが、やはり動かない。

「しゃあないな。俺が一人で片方ずつ動かすわ」

そう面倒くさそうに告げたあと、壱弥さんは私に代わって右手をかけた。

しかし、直前に彼はしゃがみ込み、木製の脚を見つめながらそっとベッドの下へと手を入れる。その直後、カチャンと何かが外れる音が響き渡った。

「固定されとったみたいや」

壱弥さんはゆっくりと立ち上がる。

「なんや、それで重たかったんですね」

「そういうことや、はよ持て」

彼は私を追い払うようにしっしと手を翻す。

なんとなく腹立たしくも感じたが、彼に促されるままにベッドを持ち上げ、それをゆっくりと隣に移動させる。すると、その下から一段と大きな水仙の花が現れた。

見回す限り、不可解な点は見当たらない。

「何もありませんね」

「いや、ここ見てみ」

肩を落とす私の言葉を否定するように、彼は言った。そして、ベッドの下の絨毯をゆっくりと指でなぞる。

彼の指が示す先をじっと見つめると、ほんの僅かに絨毯の柄が歪んでいることに気が付いた。中央を飾る黄色の水仙の花の一部だけ、きっちりと線を引いたように毛の流れが異なっているのだ。

「……微妙にずれてる？」

「あぁ、何か細いもんか薄いもんないか」

首をかしげる私に目もくれず、彼は絨毯に視線を落としたまま手を差し出した。私は斜めに提げていた鞄からペンケースを取り出し、その中のお気に入りの定規を壱弥さんに手渡す。

すると壱弥さんはその黒猫柄の定規を、躊躇いなく絨毯に突き刺した。

あぁ、私の猫ちゃん……！

絨毯に突き刺さる黒猫を心の中で悲鳴を上げながら見つめていると、彼は手際よく定規で掬い上げるように絨毯を引き剥がす。その四角く切り取られた絨毯の下を覗き込むと、そこに現れたのは三十センチ角の床下扉だった。

「隠し扉や」

「えっ、扉？」

息を呑む間もなく、壱弥さんが扉の金具を引いた。鍵は掛けられていないのか、思っていたよりも簡単に開く。その先に現れたのは想像よりも小さな空間だった。恐らくは金庫などの大切なものを隠す場所なのだろう。

覗き込んだ先には、一枚の小さなメッセージカードが置かれていた。

彼がそれを手に取ると、綺麗な筆跡で認《したた》められた英文が見えた。

What though the radiance which was once so bright
Be now for ever taken from my sight

壱弥さんの滑らかな音読が響く。

——かつてあれほど輝いていた光が、今はもう永遠に私の視界から失くなったとしても

私が和訳を問うと、彼はすぐにそう返答した。

「何かの詩ですか？」

「あぁ。これはウィリアム・ワーズワースの『オード』っていう作品の一文やな」

壱弥さんは静かに言った。

詩人など一切興味がなさそうな壱弥さんに、何故そのような知識があるのかという疑問がよぎったが、今はそんなことはどうでもいい。

「視界から失くなったっていうことは、大事なものが見えなくなった、ってことですか」

「いや、大事なものを失った、ってことやろ」

壱弥さんはカードを見つめながら、さらりと返答する。

私は彼の口遊《くちずさ》む和訳を聞いて、なんとなくその言葉が倭文家の現状を表しているように感じ、ぞわぞわとするような嫌な感覚を抱いた。

母という大事な人を亡くした二人。指輪という大事なものを失くした源さん。そして、鮮やかな海が見えなくなった七海子さん。

全てが、彼らにぴったりと重なるように感じてしまう。母の言う、眩しく輝くほどに大事なものとは何を指しているのだろうか。

携えたままのカードをくるりと裏返してみると、そこには手紙と同じ水仙の絵が描かれていた。やはり、あの手紙がこの手掛かりを導くヒントになっていたのだろう。

ただ、便箋に描かれた水仙と異なる点と言えば、その下に「First」と記されていることである。

「ファースト？　なんでしょうかこれ」

「一番目……ひとつ目のヒントってことか？」

ほんの数十秒の間を置いて、彼は何かに気が付いた様子で勢い良く声を上げた。

「もしかしたらあの本棚の中に『オード』があるんかもしれん」

「なるほど」

つまり、このカードが、次の場所を示すヒントになっているということだ。

いったん寝室を出ると、私たちは反対側の部屋に向かった。

先ほどと同じ天井まで続く本棚を見上げながら、壱弥さんは並ぶ背表紙を端から端へと順に目で追っていく。しかし、見つからないどころか本棚の上部は目で追うことすらも難しい。

壱弥さんは大きく溜息をついた。

「なんでこうも英文学ばっかやねん。探しにくいわ」

「英語ばっかみとったら疲れますしね」

標的が定まったとは言っても、膨大な量の本の中からたった一冊を見つけ出すのはかなり骨の折れる作業である。本は著者別に並べられているようではあるが、その並びはアルファベット順でもなければ、五十音順でもない。

ならば、どんな順番に並べられているのだろうか。

壱弥さんは一歩後ろへ退がり、今一度そびえる本棚を見上げていく。そして数十秒。ゆっくりと視線を落とすと、口元に手を当てた。

「本棚は全部で十四段か……」

何を考えているのだろうか。序列の規則性を考えるよりも、一通り見て捜す方が手っ取り早いのではないかとも思う。

彼の隣で疑問符を浮かべていると、独り言のように何かを呟き始めた。

「イギリス文学……ウィリアム・ソーズワース……十四……」

そこで、彼は何かに気付く。一番下の右端の本を手に取った。とりわけ変わったものではない古い表紙の本だ。しかし彼はにやりと笑った。

「ロバート・サウジー」

「誰ですか、それは」

「イギリスのロマン派詩人や。ワーズワースの友人で、彼と同じ湖水詩人とも言われてる」

同じロマン派詩人で友人だということは、年代や作風、交友関係に関連して並べられているということも考えられるのだろうか。

「じゃあ、もしかしてこの近くに『オード』っていう本もあるんですか」

「なんでそうなる」

「やって、その人と友達やねんろ？」

私が壱弥さんの手にしている本を示すと、それは序列には関係ないと否定した。

どうしてそう簡単に否定できるのだとも思ったが、確かな推理があるという証拠なのだろう。

続いて、下から二番目の右端の本を抜き取る。

「ジョン・ゴールズワージーの『林檎の樹』やな」

「あ、ノーベル文学賞の人や」

壱弥さんは口元を緩めた。

「比較的近代の英文学やでな。日本の文学作家にも影響を与えたような著名な人や」

「それで、その二人に何の関係があるんですか?」

私がそう問うと、彼は二人の名前を滑らかに復唱する。

「例えばこの本棚の一列をひとつの英文と見立てたら、文章が十四行あることになる。そうしたら、一番右端は文末になるやろ。その文末にくる単語として著者の名前を置いていく。……何か思い浮かばんか?」

本の話なのだから、恐らくそれに関するものだということは分かる。

例えば十四行で構成された文章とはなんだろう。イギリス文学の中でも広く知られたものといえば——。

「ソネット?」

「そう、ソネットや」

私の言葉を、壱弥さんは肯定した。

「ワーズワースはソネットを一番多く書いた詩人やって言われてるんや」

ソネットとは、ヨーロッパで流行した十四行で構成された定型詩である。定型詩とだけを聞いてもあまりイメージが湧かないかもしれないが、分かりやすい例を用いれば、日本で親しまれるその代表は「和歌」と「俳句」だ。

ソネットの押韻構成には二つの種類がある。ひとつは本家のイタリア式で、代表的な詩人の名を取ってペトラルカ式とも呼ばれているものだ。その押韻構成は、前半の八行を「A－B－B－A－A－B－B－A」、後半の六行を「C－D－E－C－D－E」としている。

そしてもうひとつは、イギリス式あるいはシェイクスピア式と呼ばれるものである。

そう、壱弥さんが説明してくれた。

「……その押韻構成のAとかBって、どういう意味なんですか？」

「あぁ、それは何行目と何行目が同じ韻を踏んでるんかってことを表したもんや」

その押韻の表示方法は少し特殊で、初めて耳にする人には極めて分かりづらい。

「例えば、シェイクスピアのソネット集で一番有名な第十八番で説明するとこうなる」

そう言うと、壱弥さんは開いた手帳にさらりと英文を書き込み始めた。

Shall I compare thee to a summer's day? －A
Thou art more lovely and more temperate: －B

Rough winds do shake the darling buds of May,　－A
And summer's lease hath all too short a date;　－B

「一行目の『day』と三行目の『May』、二行目の『temperate』と四行目の『date』が韻を踏んでるから、この場合は『A－B－A－B』って表示するんや」

「なるほど」

そこまで聞いて、私はようやく理解した。

「つまり、ペトラルカ式に当てはめるなら最後の二行は別の押韻になるはずやけど、『サウジー』と『ゴールズワージー』は同じ押韻やろ。そうなると、これはシェイクスピア式や」

聞くと、シェイクスピア式の押韻構成は「A－B－A－B　C－D－C－D　E－F－E－F　G－G」なのだという。

シェイクスピアのソネット集はとても有名な作品だ。

三つの四行連と一つの二行連で構成され、文節のアクセントも規則的で流れるように美しい。恐らく、英文学好きでシェイクスピアのソネット集を知らないものはいないだろう。

「それなら『ワーズワース』はどこにくるんでしょうか？」

私が問うと、彼は本棚の十二段目から順に上方に向かって目で追っていく。そして、七段目の端にある本を伸ばした手で抜き取ると、その表紙に視線を落とした。

「『マリア・エッジワース』――確か、イギリスの児童文学作家やったか……。ってことは、押韻が同じ『ワーズワース』は五段目にある可能性が高いやろな」

そう言うと、壱弥さんは届かない五段目の棚に目を向けた。そして、私の肩を軽く叩く。

「ちょっと左手痛めてるから、無理な力使われへんねん。可哀想やと思って、代わりに上から五段目見てきてや」

彼はにんまりと笑っている。

いつ、どこで、どのように左手を痛めたというのだ。捲られた袖から見える彼の左手を見てみても、骨ばった手が覗いているだけで、怪我をしている様子は伺えない。

言い訳なのだろうとは思ったが、小さな梯子を見る限り彼が嫌がる理由も分からなくはない。きっと身体の大きい壱弥さんよりも、私が上った方がはるかに安全だろう。

考え込むふりはしたが、その胡散臭い言い訳を呑み込むことにした。

壁と同じ藍色の梯子をゆっくりと上っていくと、天井がどんどんと近づいてくる感覚に少しだけ心が躍る。

「えっと、ここやな」

きっちりと間違いのないように数え、五段目の一番右の本を手に取った。

タイトルは分からないが、間違いなく「ウィリアム・ワーズワース」と記されている。

彼の推理通りソネットの押韻構成を真似て、著者の名前が美しい順序で並べられているのだろう。その遊び心が、彼女がどれだけ英文学を愛していたのかを表しているように感じられた。

「はい、壱弥さん」

手に取った本を、バランスを崩さないように壱弥さんに差し出す。それを受け取った彼はすぐにページを捲り、中を確認していく。しかし、望んでいたものとは違っていたのか、彼はその本を私に突き返した。

「これとちゃう、『オード』が収録されてるやつや」

「そんなん言われても分からんもん」

「じゃあ全部取れ」

その言いぐさに、やっぱり上るんじゃなかったと後悔しても後の祭りだった。

仕方なく並んでいる本をひとつずつ彼に手渡していく。数冊の本を渡し終えると、私はゆっくりと梯子を下りた。

彼は順にページを捲っている。その全てが和訳のない原文ではあるが、それを簡単に取捨選択していると思うと、それもまた不気味な事実だ。

壱弥さんは手を止めた。

「あった」

彼の開いていたページには、探していた「オード」の文字があった。

しかし、壱弥さんは本文を読み進めるのではなく、本をぱたりと閉じてしまう。そしてそれを裏に向け、背表紙を開いた。

「あっ」

開かれた背表紙を見て、私は思わず声を上げた。

背表紙の内側に長方形の筋と小さな窪みがある。そこに親指の爪を立て、壱弥さんはぴったりと嵌《はま》る蓋を少し強引に取り除いた。

厚い背表紙に作られていたのは、ほんのわずかな空間であった。長方形にくり貫かれた背表紙に、同じ形の木の蓋が嵌《は》められている。

その蓋を外した時、中に隠されていたのは五センチ程の小さな鍵だった。

動かないようにテープで固定された鍵を取り出して、壱弥さんはそれを裏表に返し確認する。少し古びたアンティークゴールドの鍵には、頭部に鳥の絵が描かれた陶器が装飾されていた。

「また変なもん出てきたな」

「変なもんって、どう見ても鍵やん」

壱弥さんは、あほか、と私に吐き捨てた。

「そういう意味ちゃう。鍵ってことは、どこの鍵か探さなあかんやろ」

呆れた口調で呟くと、壱弥さんは携えたままの本をぱたりと閉じた。その瞬間、本の中から一枚のカードがはらりと床に舞った。

それを拾い上げると、そこにはひとつの英単語が記されていた。

「Cuckoo——郭公《かっこう》のことか」

「鳥の？」

「あぁ。ってことは、この鍵と手紙に書かれてる鳥は郭公か」

そう呟きながら壱弥さんがカードを裏返すと、そこにはやはり手紙に描かれたものと同じ灰色の鳥の絵があった。水仙のカードと同じく、その下には「August」と記されている。

「今度は八月？」

順を辿るのなら、次は二番目を表す「Second」のはずだ。

「つまり、ファーストは一日のことか。八月一日？　ますますわけが分からへんな」

そう呟くと、壱弥さんは繋がらない思考に苛立っているのか、黒髪をくしゃくしゃと掻いた。

私たちがこの家に到着してから既に二時間は経過しているだろう。左腕の時計は正午過ぎを示している。

一度休憩を挟むべきかとも悩んだが、のんびりと休憩をしていては指輪を見つけることもできなくなってしまうかもしれない。

「このまま、続けるで」

険しい表情のまま、腹をくくったように壱弥さんが言った。

壱弥さんは本棚の向かい側にあるジュエリーボックスの前に立った。一番上は硝子張りのケースとなっており、その下にいくつもの収納が続く。全ての引き出しを開けてみるが、宝石はひとつとして残ってはいない。

壱弥さんが鍵の嵌る場所を探している間、私は寝室で見つけた英文と本についての記録をしようと、部屋のソファーへと腰を下ろした。

鞄から手帳とお気に入りの金魚柄のボールペンを取り出すと、ゆっくりと英文を書き写していく。

次に、壱弥さんが紡いだ和訳を思い出す。

柔らかく低い声で紡ぐ英詩は、とても綺麗な響きだった。それは、どこか心を落ち着かせてくれるような温かさを持っている。

窓辺に差す日差しのなかに微睡《まどろ》むような心地よさ。ずっと昔、あの事務所で本を読んでくれていた祖父の声にも、同じ温かさがあった。

可愛らしい絵本も、難しい法律書も、私がねだる限り、ゆっくりと読み聞かせてくれたことを覚えている。ただ、その内容は難しいものも多く、ほとんどが理解できないものばかりだった。ゆえに、温かい声だけが印象に残っているのだろう。

「あれ、なんやっけ？」

壱弥さんが口遊んだ訳文をそのまま記そうとしたが、別のことを考えていたせいか、先ほどまで浮かんでいたはずの文章がどこかにいってしまった。

私は一度手帳とペンを机に置いて、壱弥さんの方をふり返った。

「なぁ、壱弥さん」

その瞬間、お気に入りのボールペンが手帳から転げ、そのまま床に落下する。慌てて手を伸ばすも金魚さんはコロコロと床を泳ぎ続け、水色のキャビネットの下に吸い込まれていった。

「あー！」

「何や、人の名前呼んどいて」

「用事あったんやけど、たった今それどころやなくなった！」

すぐさま立ち上がり、キャビネットの下を覗き込む。しかし、その先は薄暗くてよく見えない。手を伸ばしてみてもペンらしきものには触れず、私は一度身体を起こした。

壱弥さんが怪訝な顔で私の行動を見つめている。

「何か落としたんか？」

「金魚さん……」

「あぁ、ボールペンか」

状況を理解した壱弥さんは、低い声でそう告げた。そして滑らかに私の前へ出ると、問題のキャビネットに手をかけ、それを動かそうと力を込める。

しかし、どうしてかそれは全く動かない。

「これ、備え付けやな。動かせるもんやなさそうや」

「そうなんですね……」

仕方なく私はスマートフォンのライトを点灯させ、再度キャビネットの下を覗き込んだ。照らされる空間の中に、赤い金魚が浮かび上がる。それと同時に、視界の上方で何か白いものが艶やかに光った。

郭公だ。

「壱弥さん！　郭公や！」

私が勢いよく声を上げると、彼も身体を小さく屈めて覗き込んだ。底板に施された陶器の装飾と描かれた郭公の絵を確認したあと、ゆっくりと起き上がる。

「まさかこんなところにあるとは。金魚さんも役に立つもんやな」

ようやく金魚柄のボールペンを救い出した私は、それを撫でながら鞄にしまう。

彼は郭公の鍵を握り、窮屈そうにしながらも、底板の真ん中にある鍵穴にそれを差し込んだ。

一体何を開く鍵なのか、未だによく分からない。

そのキャビネットは落ち着いた水色のアンティーク調の外装で、外枠にぴったりと嵌るように五つの引き出しが縦に並んでいる。中身は何もない。それを引き出すと、内側に隠れるようにもう一層枠が存在しているのが分かる。

つまり、枠組みが二重構造なのだ。その点が、恐らくこのキャビネットに仕かけられた謎のヒントになるのだろう。

かちゃりと解錠したであろう音が、小さく耳に届く。

私にはまったく理解できない構造ではあったが、壱弥さんはそれを簡単に解き進めていった。

彼はキャビネットの引き出しを上から順に確認するように開き、慣れた手つきで真ん中の引き出しを抜き取った。次に、ぽっかりと開いた空間に手を忍ばせると、左側にある小さな窪みに手をかけ、ロックを外すように銀色の金具を引き上げる。

そしてそのままパズルを解くように、壱弥さんは内枠ごと全ての引き出しを手前にずらし、ゆっくりと慎重に抜き取っていった。

「ちょっと危ないから離れ」

壱弥さんは内枠を抜き取ろうとした。しかし、直前でカチャンと何かが嵌るような金属音が響く。その音源を確認すると、抜き取る直前に外枠と内枠の金属パーツががっちりと嵌り、蝶番《ちょうつがい》の役目を果たして扉のように開く絡繰《からく》りだった。

ゆっくりと確かめるようにその扉を開く。

「まるで絡繰り箪笥《だんす》やな」

現れたキャビネットの奥を見つめながら、壱弥さんは腕を組み、小さく呟いた。

「……そうですね」

私たちの視線の先には、銀色に輝くセーフティボックスがどっしりと佇んでいたのだ。


大きく伸びをすると、扉の向こうから源さんがやってくる姿が見えた。

休憩スペースで昼食を摂ったあと、壱弥さんは持参したノートパソコンで報告書を作成し、私は気になっていた『林檎の樹』を読んでいた。それぞれに頭を下げる。

時刻は午後一時を過ぎたばかりで、窓からは眩しい陽光が変わらず注ぎ込んでいる。

「まさかこんなに早く見つけてもらえるとは思ってませんでした」

斜め向かいの椅子に座った源さんがほほえみながら言うと、壱弥さんは柔らかくそれを否定した。

「まだ鍵は開けてませんし、中は確認できてないんです。指輪がそこにあるのかどうかは見てみやな何とも」

「そうですか。開くのに暗証番号は必要なんですか？」

「恐らく暗証番号は『０８０１』――八月一日。お二人の結婚記念日ですよね」

その言葉を聞いて、ようやくカードに書かれた文字の意味を理解した。

「そうですけど……なんでそれを？」

源さんの問いかけに、壱弥さんは二枚のカードとともにキャビネットに辿り着いた経緯を簡潔に話していく。

初めの二通の手紙がこのカードへと繋がるヒントであったこと、「オード」の一文が郭公の鍵を導き、そして鍵はセーフティボックスへと繋がっていたこと。

その軽やかな謎解きに、源さんは素直に感心している様子だった。

ゆっくりと部屋に足を踏み入れると、源さんは本棚を見上げる。

「母は昔、英文学を教えてたんです。いずれはこの本棚も整理しやなとは思ってたんですけど、その前に見つけていただけて良かったです」

彼は母の愛した本を見上げながら、それを手に取る母の面影を思い出しているのだろうか。ほほえむ彼の優しい横顔が、穏やかな時間を想起しているようだった。

問題のキャビネットへと移動すると、源さんはその前で膝を折った。そして、導き出した暗証番号をゆっくりと丁寧に入力していく。全ての数字を入れ終えたあと、源さんはその扉を静かに引いた。

「開きましたね」

「中は」

源さんが中から取り出したのは、いくつかの封筒だった。

ひとつには、「源へ」と書かれ、もうひとつには「七海子さんへ」と書かれている。そして三通目を手に取った時、源さんの顔色が変わった。

その封書には確かに、「遺言書」と記されていたのだ。

「春瀬さん……これ……」

源さんは震える手で遺言書の封筒を握り、それを裏返す。記されている日付は今年の一月で、恐らくは自筆証書遺言に当たるものなのだろう。

これが本物であれば、先の公正証書遺言書を上書きすることになる。

「もしかすると、この中に指輪のことが……！」

興奮気味に話す源さんを真っ直ぐに見つめながら、壱弥さんは大きく頷いた。

直後、遺言書の封を切ろうとする源さんを、私は慌てて制止する。

「待ってください！　開けたら駄目です！」

私の声に、二人が同時にこちらを見やった。

「自筆証書遺言書は、未開封のまま家庭裁判所に提出して検認してもらう必要があるって民法で定められてるんです」

もしも開封してしまった場合は罰金が課せられ、変造や隠蔽した場合には相続権を失う相続欠格となってしまうのだ。

「取り敢えず、手紙を読んでみましょう」

「そうですね……」

源さんは遺言書を壱弥さんに手渡したあと、自分宛の手紙を目線の高さまで持ち上げる。

そして、滲む緊張感に息を殺しながら、彼はゆっくりと震える指でそれを開封した。

源へ

この手紙を読んでいるということは、きっと指輪を捜しているのですね。

七海子さんは笑っていますか？

もしもあなたが七海子さんのために指輪を捜し、この手紙に辿り着いたのであれば、手紙を七海子さんに渡しなさい。

わたしは、あなたたちがいつまでも幸せに笑っていられることを願っています。


その手紙を読んだ源さんは、ゆっくりと目を閉じた。そして、苦い表情で手紙を畳む。

「……母は、私たちがこの先どうなっていくんか、分かってるんでしょうか」

きっと、夫婦関係がぎこちないものになっていることを、彼女は予測していたのだろう。

凪いだ瞳の七海子さんと、指輪を贈りたいと笑う源さんの姿を思い出す。

恐ろしいものでも見たように、源さんは強く拳を握り締めた。

「そうかもしれません。ですが、このまま壊れてしまわないように、お母様がお二人の幸せを願ってはるんは間違いないと思います」

柔らかい表情で壱弥さんは告げる。

「郭公はワーズワースが愛した鳥で、彼にとっては生きる喜びを教えてくれる幸せの象徴なんです。そして水仙は、暖かい春を知らせる花です」

美しい湖畔に黄色い花が広がるように、彼らにもきっと温かい春はやってくる。

彼女はそう願ったのだろう。

源さんは顔を上げた。

「今から七海子のところへ行ってきます。この手紙を渡せば、妻の考えてることが何か分かるような気がするんです」

そう、強かに前を見据える源さんを、私たちは静かに見送った。


半刻程が過ぎた頃、ようやくキャビネットと本を元の形に戻し終えた私たちは、押し寄せる疲労感にぐったりとソファーに座り込んだ。壱弥さんはネクタイを緩め、重い身体を沈めていく。

「さすがに休憩やな」

脱力するように息を吐いた時、テーブルの上に置かれたままの遺言書と二枚のカードが目に留まる。源さんから預かったそれは、絶対に失ってはいけないものだ。ゆえに、彼に返却するまでは私の鞄へと大切にしまっておくことになった。

午後二時を過ぎた今でも変わらず、眩しい夏の光が窓から降り注いでいる。その暖かさに微睡み始める壱弥さんの隣で、私は二枚のカードを手に取った。

春を知らせる黄色い水仙と、幸せの象徴である郭公。

艶やかな白い紙に染み込んだ黒いインクと流れる英詩。

頭上に翳《かざ》してみると、太陽に照らされてきらりと光る。それに気が付いたのか、壱弥さんは目を開いた。

「どうしたん？」

「いえ、何となく幸せを願ってくれる人がいるってだけで心強いなって思って」

私の言葉に、壱弥さんは小さく相槌《あいづち》を打った。

「確かに、人は誰かがそばにおってくれる方が強く在れるんかもしれへんな」

彼の言う通り、大好きな人が隣にいてくれるだけで、前を向くことができるものなのかもしれない。

ふと、祖父のことを思い出す。

「壱弥さん……私な、たまにお祖父ちゃんが生きてたらって思うことがあるんです」

もう四年も経つというのに、辛い時に思い出すのは憧れだった祖父のことばかりだった。

嘆いてばかりいてはいけないことも、早く自立しなければいけないことも分かっている。頭では理解しているはずなのに、私の心はまだ祖父に依存している。

そう告げると、私の声に耳を傾けていた壱弥さんが、ほんの少しだけほほえんだ。

「何回でも思い出したらええんちゃう。匡一朗さんはおまえの幸せを願ってくれる一人なんやし」

私は彼の横顔を見やる。

「それに、匡一朗さんからもらったもん、ナラの中にはちゃんと生きてるやろ。やから、心配せんでもおまえはゆっくりと強くなっていくはずや」

その温かい言葉に、私は零れ落ちそうになる涙を堪えた。

私には幸せを願ってくれる人がいて、彼のように優しい言葉をくれる人もいる。それだけで、少しだけ前向きな気持ちになることが出来る気がする。

だから、私も彼の幸せを願える人でありたい――心からそう思った。

ありがとう、と告げた時、突然壱弥さんのスマートフォンがけたたましい音を上げた。

画面を覗き込むと、どうやら電話の主は源さんらしい。

「はい、春瀬です」

壱弥さんがゆるりと応答した直後、その表情は訝《いぶか》しいものへと変化した。

「はい。……いえ」

一体何を話しているのだろう。電話の向こうから聞こえる音が、どこか乱れている。

壱弥さんの声が低く、室内に響き渡った。

「……奥様が病院からいなくなった？」

私たちは同時に立ち上がった。


海風が、強く吹き抜けていった。

ようやく見えた源さんの車が、私たちの前で停車する。勢いよく飛び出してきた彼の顔色は青白く、酷く動揺している様子だった。

いつもの落ち着いた雰囲気はなく、言動から焦燥感が伝わってくる。彼は、自分のせいで妻がいなくなったのだと、自身を呪っているようだった。

壱弥さんは詳細を問う。

本日の十三時過ぎ。七海子さんは昼食を終えたあと、夫が駐車場で待っているからと言って、一人で外出手続きを取って、どこかに出かけていったそうだ。

病室には彼女の書き置きが残されていた。

《思い出の場所に行ってきます》

ただその一言だけを記し、彼女は忽然と姿を消してしまったのだ。

その丁寧な筆跡を見た瞬間、暗く嫌なイメージが頭をよぎる。壱弥さんもまた、その文字を見つめながら眉をひそめた。

きっと、源さんも心のどこかで気が付いているのだろう。彼女の深海のような瞳が、「死」を見つめていることを。

源さんは私たちに深く頭を下げる。

「ここまでしていただいて、勝手なお願いなんは分かってます。もう指輪は見つからへんくても構いません。代わりに、妻を捜していただけませんか……！」

壱弥さんは、彼を落ち着かせるように肩に手を添えた。

「それはできません」

「それじゃあ、妻は……！」

源さんは懇願するように壱弥さんのシャツを掴む。しかし、壱弥さんは彼の言葉にも狼狽えることなく、ただ静かに首を横にふった。

「代わりになんて、とんでもありません。奥様も指輪も、僕が必ず見つけます」

その台詞を耳に、ずるずると崩れ落ちるように手を解いた源さんは、泣きそうな表情で私たちを見上げる。そしてもう一度深く頭を下げた。

それから、源さんが思い付く限りの「思い出の場所」を書き出すと、私たちはその場所を順に巡った。

――彼女がかつて働いていた研究所、よく足を休めたシーサイドパーク、小さな海のアートギャラリー、大好きだった水色の壁のケーキ屋さん、お気に入りの海が見えるカフェ、砂の鳴く浜辺。

そのひとつひとつを抱きしめるように、彼は妻との記憶を辿っていく。私たちはその思い出の土地を進みながら、彼女の影を追い続けた。しかし、どれだけ捜しても彼女の姿はおろか、目撃情報さえも得られない。

一体、彼女はどこへ姿を消してしまったのだろう。誰にも告げず、たった一人で病院を抜け出して何をしているというのか。

考えれば考えるほど、嫌な想像ばかりがぐるぐると頭中を駆け巡る。

空しくも時間だけが過ぎ去り、徐々に陽が傾き始めた。

「日没まであと一時間もありませんよ」

そう、落ち始める太陽を見上げながら呟くと、壱弥さんが低い声で相槌を打った。そして真剣な面持ちで、青ざめたままの源さんに問いかける。

「奥様がもう一度行きたいって言うてはった場所に心当たりは」

「少し前に話したのが、ここやったはずなんです……」

源さんは声を絞り出すように告げた。

私たちが訪れていたのは、京丹後市にある琴引浜《ことひきはま》という名の砂浜だった。そこは、歩くと音の出る鳴き砂で有名な白砂青松の景勝地で、名勝にも指定されている場所だ。

純白の砂浜に青い海が映えるその景色は、彼女の白い肌にかかる青いストールを思い出させる。美しいその景色を見ると、彼女がもう一度見たいと望んだ気持ちが分かるような気がした。

「夕日か……」

「確かその時、夕日が見たいって言ってたんです」

壱弥さんは何かを考え込むように、源さんの言葉を復唱した。

「陽が沈むまでもう少し待ちますか?」

私が告げると、源さんは不安気に顔を上げる。

「妻はここに来るんでしょうか」

それは、分からない。一か八かにかけるには根拠が弱すぎる。

返す言葉に詰まっていると、壱弥さんが私に代わって口を開いた。

「恐らく、彼女はここには来ません」

壱弥さんの目はその言葉が冗談ではないと示すように、真っ直ぐに源さんを捉えていた。

何を考えて、その結論に至ったのだろうか。

「奥様が今日を選んだ理由は分かりますか」

源さんは小さく首をふった。

「奥様にも、僕たちが今日調査をするってことは伝えてはりますよね。恐らく、奥様はあなたの面会時間が遅くなると知っていて今日を選んだんやと思います。すぐに見つけられることのないようにしたかったんです」

苦い表情で、彼は残酷な言葉を続けていく。

「今から身を投げようとしてる人間が、簡単に見つかる場所を選ぶはずがないですから」

源さんの表情が強張《こわば》った。

その言葉は正しいのかもしれない。ただ、その言葉通りであるのなら、想像のつかないような場所を訪れているということになるのだろう。しかし、七海子さんは誰よりも美しい海を愛していたのだ。目の悪かった彼女だからこそ、最期にもう一度大好きな海を望みたいと思うのではないだろうか。

そう告げると、壱弥さんが私を見やった。そして、ゆっくりと首肯する。

「そうやとすると、人目に付きにくい海はどこか、やな」

「今まで一度も行ったことがない場所かもしれませんね」

壱弥さんは口元に手を添えて思考を巡らせる。視線を落としていた源さんが、思い出したように顔を上げた。

「今まで色んな海を見てきましたけど、一緒に海辺に夕日を見に行くってことは一度もなかったと思います」

「やっぱり夕日か」

ここからそう遠くはない、夕日の美しい浜辺には心当たりがあった。私と壱弥さんは同時にその名称を呟いた。

——夕日ヶ浦《ゆうひがうら》。

私たちはどんどんと水平線に近づいていく太陽を確認すると、砂浜に足を取られないように気を付けながら、真っ直ぐに走り出した。

夕日ヶ浦と呼ばれる砂浜までは、三十分もかからずに辿り着いた。

人気《ひとけ》の少ない浜辺の西側で、先に車を降りた源さんは浜辺に駆けていく。それを追うように歩いていくと、彼は唐突に立ち止まった。

「七海子！」

彼が向かう先には、爽やかな水色のワンピースを着た女性が、広がる海を見つめるようにぼんやりと立ち尽くしていた。どれだけの時間そこに立っていたのだろう。何度も押し寄せる波が、彼女の足元を濡らしている。

白波に飛び込む源さんは、彼女に駆け寄りその手を取った。

彼女がふり返ると、胸元の大きなペンダントが揺れる。

「源さん……！」

驚くその言葉にも構わず、源さんは華奢《きゃしゃ》な彼女の身体を強く抱きしめる。

「無事で……良かった」

源さんの撫でるように囁く言葉を聞いて、彼女は涙を堪えながら震える声で謝罪した。きっと源さんがここに姿を見せるまで、ずっと後悔を重ねていたのだろう。

彼がゆっくりと身体を解放すると、脱力するように七海子さんはそのまま海の中に座り込んだ。ぐったりとする七海子さんを源さんが慌てて引き上げる。しかし、絡みつく小波《さざなみ》が邪魔をして、うまく立ち上がらせることができない。

その様子を見た壱弥さんは、私に待っているように告げると、衣服が濡れることも厭《いと》わず海に飛び込んでいった。

その時、背後から声が飛んだ。

「義姉《ねえ》さん！」

驚いて振り返ると、見覚えのある男性がこちらに走ってくるのが見える。それは昨日、七海子さんの病室で顔を合わせた男性——優志さんだった。

海の方を見やると、二人が力を合わせて七海子さんを抱え、足を取られてしまわないようゆっくりと歩き始めたところであった。顔を上げた源さんは優志さんの姿に気付き、驚いた表情を見せた。

「優志……なんでお前がここに」

源さんの問いに、息を切らせながら優志さんはゆっくりと口を開く。

「義姉さんのところに行ったら、外出してるって聞いて……。でも兄さん、今日は調査で遅くなるはずやし、もしかして一人で出かけたんかもしれへんって思て……」

でも、どうしてこの場所が分かったのだろうか。そう疑問を抱いた直後、彼は屈めていた上体を起こし滴る汗を右手の甲で拭い取ると、言葉を続けていく。

「この前、海が綺麗に見える場所のこと僕と話してたから。多分ここやろって」

「それでわざわざここまで……？」

乱れた呼吸を整えた優志さんは、源さんに向かって告げる。

「あぁ。でも兄さんたちがここに来るとは思てへんかったから、びっくりしたよ」

その言葉を耳に、源さんは怪訝な表情を見せた。波に足を取られふらつく姿勢を整えるために一度立ち止まる。

目の前の優志さんが微かに笑った。

「兄さん。見つけた遺言書はどこにやったん？」

「……え？　お前が、なんでそれを」

「僕な、遺産相続の話を始めてからずっと兄さんのこと監視しててん。今日は義姉さんのところに行く前、大事そうに封筒握ってたやろ。そやから、遺言書を見つけたんやって思った。やっぱり正解やったってことやな」

「新しい遺言書は確かに見つけた。でも、遺言書はここにはない」

「いや、家にはなかった。ほな、その探偵が持ち出したんか？」

ようやく、二人は七海子さんを引き上げる。

「確かきみは、探偵の助手やったね」

その視線にぞくりとした。

直後、腕が強く掴まれる。琥珀色の目を大きく見張り、勢いよくこちらに駆けてくる壱弥さんの姿が見えたその瞬間、それを制するように優志さんの鋭い声が響いた。

「動くな！」

壱弥さんは足を止めた。私の腕を掴む手に力が込められる。

「変な動き見せたらこの子がどうなるか分かるよな」

首元に熱を帯びた指が絡みついた。きっと、彼のような成人男性に私が腕力で敵うはずもない。そう思った直後、壱弥さんは何かに気が付いた様子で、はっとした表情を見せる。そして、苦虫を噛み潰したような表情で拳を強く握った。

「そういうことか。くそ……！　もっと早い段階で気付けたはずやのに……！」

彼の言葉の意味がよく分からなかった。

ただ、兄弟が遺産相続で揉めているという話は聞いていたのだ。新しい遺言書が存在している可能性がある以上、弟である優志さんもまた、それを探すのは当然とも言える。

問題はその理由であった。

優志さんは口を開く。

「新しい遺言書が無ければ、僕と兄さんの相続権は等分。三年前に公正証書で作った遺言書の内容は知ってるし、それは間違いない。でも、それを上書きする自筆証書があるんやったら話は別や。母さんは僕に遺産相続をさせへんつもりなんやろ」

だから、どうしても兄よりも先に新しい遺言書を見つけなければならなかった。それなのに兄は探偵を雇い、その結果、偶然にも遺言書を見つけてしまったのだ。

源さんの行動を監視していたという彼は、遺言書が見つかったことを知って、強硬手段を選んだのだろう。

「この子を助けたいなら、見つけた遺言書を僕に渡してください」

彼の口調が少しだけ柔らかくなった。しかし、遺言書は私の肩から下げられた鞄の中にある。躊躇う壱弥さんに、彼は苛立《いらだ》ちを覚え舌打ちした。

腕の力が徐々に強くなっていく。

「はやく渡せ！」

その時、七海子さんのそばにいた源さんが、遠くから声を上げた。

「春瀬さん、遺言書を渡してください！　このままやったら、弟はほんまにナラちゃんを傷つけてしまうかもしれません！」

息を乱しながら大声で叫ぶ源さんに、壱弥さんは悔しそうに表情を歪めながら目を閉じた。ゆっくりと重い口が開かれる。

「壱弥さん！」

このまま遺言書が彼の手に渡ってしまったら、亡き母の想いが全てなかったことになってしまうのだ。それだけは嫌だ。

しかし、私の声も空しく壱弥さんは私の持つ鞄を静かに示した。

「遺言書は……その鞄の中です」

壱弥さんの言葉を聞いて、優志さんは私の抱えていた鞄を強引に奪い取ると、私を力いっぱいに突き飛ばす。柔らかい砂浜に倒れ込んだ私の肩を、壱弥さんが庇《かば》うように抱いた。

優志さんは鞄の中身をひっくり返し、大事に手帳に忍ばせていた遺言書を拾い上げる。

「お願い、やめて……！」

手を伸ばす先の景色が、溢れる涙で滲んでいく。私を嘲《あざけ》るようににんまりとした優志さんは、手にした遺言書を躊躇いなく破り捨てた。

散り散りになった白い紙が、海風に煽《あお》られ消えていく。

「優志くん……なんでこんなこと……」

覚束《おぼつか》ない足取りで立ち上がった七海子さんが、悲しそうな表情で呟いた。そして、源さんのそばで力尽きるように座り込む。彼女を、優志さんが睨みつけた。

「……うるさい。兄さんにも、義姉さんにも絶対に分からへん。僕が兄さんのせいでどれだけ惨《みじ》めな人生を送ってきたんか」

その声色は沈むように低い。

「父さんには甘えやって言われてたけど、兄さんのせいで僕は何をやっても出来損ないやって罵られ続けた。僕のこと学者に向いてへんって言ったのも父さんやのに、辞めた途端に家族全員が僕のこと切り捨てた。僕だけが悪いみたいに」

彼の悔しさと兄への憎悪が、紡ぐ言葉を通して痛切に伝わってくる。

「母さんだって、死んでからも僕のこと遺産を受け取る価値がない人間やって馬鹿にしてる。やから、僕の人生をめちゃくちゃにした兄さんの幸せを、全部僕の手で奪ってやろうと思ったんや」

ゆえに彼は七海子さんの自殺企図を利用し、源さんの幸せを壊そうとしたのだ。その計画は人目のない夜に実行できるよう、時間を稼ぐために彼はある偽装を行った。

それが、病室に残された書き置きだった。

壱弥さん曰く、七海子さんは治療の副作用で視力障害と末梢神経障害を有していると考えられるそうだ。そのため、彼女の足取りはどこかぎこちなく、冷えた病室の中で何度も指先を摩っていたのだろう。きっと指先の動きも拙劣で、書字への影響も少なからずみられるはずだ。

それなのに、書き置きの文字は狂いの無い丁寧な筆跡だった。

ただそれも、七海子さんの自殺企図に惑わされ、本来の意図を見落とすことになってしまったのだ。私はようやく壱弥さんの言葉を理解した。

「きみらのせいで僕の計画は台無しになってしもた。……でも、僕の勝ちや。僕に遺産相続させたくなかったんやろけど、遺言書はもうない。母さんも残念がってるやろな」

そう、優志さんはくすくすと嘲笑する。

「……それは違います」

壱弥さんが静かな口調で言った。

「お父様とは分かり合えなかったのかもしれません。でも、お母様はあなたのことを心配していたはずです」

優志さんは壱弥さんに鋭い視線を向けた。

「何も知らん部外者が口を挟むな！」

「何も知らんのは優志くんの方や！」

唐突に、七海子さんが声を上げた。

「お義母さんは優志くんのこと大事に思ってたのに、気付きもせんかったやろ！」

その口調ははっきりとしていて、どこか悲しげな色を含んでいるようにも聞こえる。優志さんは瞳を泳がせる。

「そんなこと、絶対ない……」

「ほな、これを読むんや」

源さんが懐から二通の封筒を取り出し動揺する優志さんに差し出した。それは遺言書とともに残されていた手紙で、封筒には確かに「優志へ」と記されている。

「手紙……？」

彼は震える手で手紙を受け取ると、ゆっくりと封を切った。

そこには、母の息子を心配する想いが幾重にも認められていた。しだいに、手紙に目を通す優志さんの瞳にはうっすらと涙が浮かんでいく。


あなたと源は同じじゃなくていいんです。

あなたは、あなたらしい幸せをみつけてください。


きっと、母は彼に遺産相続をさせないために遺言書を作り直したわけではない。

それぞれが、正しい形で相続を行えるように考えた上で書き直したのだ。しかし、彼女は優志さんが勘違いをして遺言書を破棄してしまうことを危ぶみ、それを簡単には見つからない場所へと隠したのだろう。ただ、その真実を確かめる術《すべ》はもうない。

茫然と手紙に視線を落とす優志さんに、私は静かに声をかける。

「……残念ながら、遺言書は意図的に破棄した場合、相続欠格事由に該当します」

それは、民法八九一条で定められている。

つまり、遺言書を破棄した時点で、彼は遺産相続の権利を失ったということだ。良くも悪くも、遺言書通りにはさせたくないと思った彼の思惑通りの結果になってしまったのだ。

その瞬間、優志さんは砂浜に崩れ落ちた。

「母さんが、僕を……」

溢れ出す涙が砂に吸い込まれ、傷跡を残さないまま消えていく。

その姿を見ていた源さんが弟の背中を優しく撫でると、彼は大きな手で砂を握り締めながら何度も嗚咽《おえつ》を漏らした。

ばらばらに散った遺言書が、穏やかな波に何度も打ち寄せられているのが見えた。


ようやく落ち着きを取り戻した頃、沈み始める夕日を前に、源さんと七海子さんは二人でその夕日が見たいと言った。そのため、私たちは少し離れた場所で砂浜に腰を下ろす二人を見守ることとなった。

七海子さんは少しだけ悲しげにほほえみながら、おもむろに言葉を紡ぎ始める。

「私な、源さんには幸せな記憶だけを覚えててほしかったん」

彼女は、自分の病気のせいで悲しむ夫の姿を見ることが辛いのだと言った。

きっと、彼は最期まで自分のために己を犠牲にしていくのだろう。そして、苦しむ自分の姿を目に映す度に、どこかでひっそりと傷付いていく。そう考えると、不器用に笑う彼の姿を見ることに耐えられなくなったのだろう。

厳しい治療のせいで酷く痩せ、髪も抜け落ち、夫が愛してくれた頃の自分の姿がどこにもないと気付いた時、彼女は恐怖感に苛《さいな》まれた。

今の自分の姿が、彼の記憶を上書きしてしまうのではないか。醜い姿が彼の愛情を削ぎ取ってしまうのではないか。そんな考えが纏わりつく。

同時に、彼女は感じたのだ。彼には幸せな頃だけを覚えていてほしい、と。

だから、今日ここで全てを終わらせるつもりでいた。これ以上夫と時間をともにすることは、幸せな記憶を蝕《むしば》んでしまうことになるのだから。

七海子さんは凪いだ瞳で海を見る。

「ずっと海を眺めてたら、海の神様が私を浚ってってくれへんかなぁって思ってたん。そしたらどんだけ楽なんやろう、って」

静かに言葉を紡ぎながら、唐突に彼女は両手で顔を覆った。

「……でも、やっぱり私は……もっと源さんと一緒に生きたい」

大粒の涙を零し、七海子さんはか細い声を絞り出すように言った。

源さんが、彼女の手を優しく掬い取るようにして握る。

「そんなん当たり前や」

そして彼女の目を見つめながら、強く諭すように言葉を発していく。

「僕が君を嫌いになるなんて絶対にあり得へん。その笑顔も、幸せな記憶も、全部忘れるわけないやろ。君が苦しむのは辛いけど、一緒に痛みを感じて何が悪いんや。それが夫婦やろ」

「……でも、源さんが辛いんは嫌なん」

「君が今おらんようになった方が辛いにきまってる」

その台詞に、七海子さんは涙で濡れた顔を歪ませた。

「やから、一緒に最期まで生きてこう」

彼は優しい口調で彼女に囁き、もう一度強く彼女の身体を抱きしめた。

きっと二人は、これから直面するであろう困難さえもゆっくりと受け止めていくのだろう。そう感じさせるほど、彼らは眩しい斜陽の中で強く手を取り合っていた。


気が付くと、夕日がいつの間にか海を真っ赤に染め上げていた。赤い景色が視界いっぱいに広がっている。

「見て、壱弥さん。さっきまであんなに青かったのに、凄い！」

その景色はとても幻想的で、私たちだけをどこか別の世界に連れてきてくれたように感じさせる。赤い太陽が作り上げる自然の優美さに、時間が止まったような錯覚に陥ってしまうほどだった。

感動のあまり大声を上げると、七海子さんがふり返り、おかしそうに笑った。源さんに支えられながら、ゆっくりとこちらに歩み寄る。

「ご心配をおかけして、すみませんでした」

壱弥さんが会釈をすると、七海子さんはにっこりと笑う。そして、何かに気が付いた様子で声を上げた。

「私、指輪は見つからんと思ってたんですけど、春瀬さんたちがここにいるってことは見つかったんですか？」

彼女は大きな目を瞬《また》かせながらそう問うた。

「指輪自体はまだなんですけど、ヒントは見つけましたよ」

源さんは懐にしまっていたもう一通の手紙を静かに七海子さんへと差し出した。

彼女はゆっくりとそれを開封する。


七海子さん、夫婦とは、相手のどんな姿でも愛しくて、どんな感情でも共有できるものなんですよ。

だからあなたは、堂々と甘えれば良いのです。

そしていつも笑っていてください。あなたの笑顔は太陽の光と同じ。

その光の前では、源の誠実さも、情熱的な愛へと変わるのです。


その文面に、鳥肌が立った。

まるで彼女の感情を見透かしているように綴られたそれは、優しい文面に反する不気味さを感じさせる。同じように感じているのだろう。七海子さんは茫然とその手紙を見つめていた。

「やっぱり母は七海子がどう思ってたんか、気付いてたんですね。それを知ってて、七海子に私の思いに気付かせようとしたってこと、ですか」

源さんがそう零すと、七海子さんはまた泣き出しそうな顔をする。一見、母の愛を感じる手紙なのかもしれない。

しかし、壱弥さんは怪訝な表情のまま最後の一文をもう一度確認した。

「光の前では、誠実さが、情熱的な愛に変わる……か」

沈んでいく太陽と赤い海に視線を向けた瞬間、壱弥さんははっとした。

「七海子さん、ルビーのペンダントをお借りしてもいいですか」

壱弥さんが少し早口で告げると、七海子さんは不思議な顔でそれを差し出した。

受け取ったロケットペンダントを開くと、やや紫がかった赤い石が淡い光の中に浮かび上がる。絡繰りは昨日と何ひとつ変わらない。

その様子を確認したあと、壱弥さん自身の名刺を取り出した。そして、灯る光を遮るように、手にしていた名刺を宛《あて》がった。ペンダントを覗き込む。

すると、先ほどまで赤く光っていたはずの宝石が、いつのまにか深い青色に輝いていたのだった。

「なんで!?」

その不思議な現象に、私は思わず声を上げた。壱弥さんがにやりと笑う。

「これはルビーじゃない、カラーチェンジサファイアや」

「カラーチェンジサファイア?」

聞きなれない言葉を繰り返すと、彼はそれが光の照射によって色味を変える宝石であることを説明した。

「じゃあ、このペンダントがサファイアの指輪の正体ってこと……?」

七海子さんが問う。

「ルビーとサファイアは同じコランダムと呼ばれる鉱物で、赤いものをルビー、それ以外をサファイアって言うんです。お義母様はルビーに見立てるために、指輪を絡繰りペンダントに作り直したんでしょうね」

その事実に、皆が不思議そうな顔をした。

「なんでそんなことする必要があったんでしょうか」

源さんがそう尋ねると、壱弥さんは表情を和らげた。

「恐らくは昨日言っていた、ルビーが病を癒す意味を持つことがひとつ。あとは、ルビーは愛の象徴で情熱的な愛をもたらすとも言われますから、お二人の愛情を守ろうとしたんでしょう。夫婦を繋ぐ、大切な指輪で」

壱弥さんは穏やかにほほえんだ。

「粋な贈り物ですね」

様々な絡繰りを残した母親は、ずっと二人の未来を案じていたのかもしれない。

自分の死後、様々な困難にぶつかる二人の事を考えて、その絡繰りに沢山の想いを詰め込んだ。そう思うと、彼女がどれだけ慈悲深い母親だったのかが分かるような気がした。

七海子さんは胸元のペンダントを両手で包み込み、そっと抱きしめていた。

○

七月も末に差しかかり、暑さは加速し、京都の街をサウナのように熱し続けていた。

寝惚け眼を擦る壱弥さんは、事務所の掃除を終え一息ついていた私の姿に少しだけ驚いた表情を見せた。

「なんや、来てたんか」

大きな欠伸を零しながら彼は締めかけのネクタイをきっちりと整えていく。休業日なのに仕事でも始めるのだろうかと不思議に思っていると、それを察したのか彼は口を開く。

「もうすぐ倭文さんがくるらしいんや。俺らに一言礼が言いたいって」

応接間の椅子に腰を下ろすと、反対に壱弥さんは立ち上がる。そしてデスクを通り過ぎ、どうしてか私の隣にゆっくりと座った。

「あの時は危ない目に遭わせてしもて、ほんまに悪かった」

そう、眉を下げた表情で壱弥さんは謝罪する。その表情が怒られて謝る素直な子供のようで、私は思わず吹きだした。

「壱弥さん会うたびそればっかりや。もう五回はききましたよ」

「いや、そんな言うてへんやろ」

無意識だったのか、彼は私の指摘を受け、恥ずかしそうに口元を隠す。

依頼のことを思い出すと、あの時に抱いた疑問がふわりと蘇った。

「そういえば、壱弥さんは英文学が得意なんですか？」

「は？　別に得意ではないけど」

「じゃあなんであんなに詳しいん？」

「友人に英文学が好きな奴がおってな。たまたま知ってただけや」

それでも、偶然の範疇《はんちゅう》であれだけの情報を記憶しているものなのだろうか。いくら英語が堪能であったとはいえ、長い詩の一節を簡単に導き出せるものなのか。

そう問いただしたい気持ちはあったが、誤魔化すような彼の表情に、私は深く追求することをやめた。

思い返せば彼が祖父のもとで働いていたのだと聞いたことがあった。しかし、彼が祖父の事務所にやってきた理由はきっとそれだけではないはずだ。

壱弥さんが祖父のもとで働いていた時も、その語学力が祖父を助けていたのだと聞いたことがあった。


壱弥さんが祖父のもとで働いていた本当の理由は分からない。ただ、彼が幼い頃から祖父と知り合いだったという点を考えれば、ある種の縁なのかもしれないとも思った。

私は父が零した言葉を思い出す。

壱弥さんにとって不本意なこと――それが本当なのであれば、彼は今どんな気持ちでこの場所に留まってくれているのだろう。

思えば、私は彼のことを何も知らない。

彼の仕事にかかわるまでは、祖父の本を借りに行ったり、事務所の掃除に行ったりするだけで、必要最低限の訪問だった。しかし、彼の仕事に対する姿勢が祖父とよく似ていると知り、喪失感を埋めるように依頼者の想いに応える姿を見て、なんとなく彼に興味を抱き始めている自分に気付く。

彼の中にちらつく複雑な想いに触れることができれば、彼がここに留まる理由も分かるはずだ。

「……私、壱弥さんのこと、もっと知りたいです」

「俺のこと？　普段の姿見てるんやし、知ってるほうやと思うで」

私の言葉を受けて、彼は怪訝そうにする。

「そういう意味じゃなくて――」

直後、訪問者を告げる呼び鈴が鳴った。

「きはったな」

壱弥さんは緩い動作で入り口まで歩いていくと、相変わらず鍵のかかっていない格子戸を滑らかに開いた。

「こんにちは、お久しぶりです」

源さんが優しい笑顔で挨拶をすると、壱弥さんも頭を下げる。

直後、彼の後ろからひょっこりと七海子さんが姿を見せた。白いブラウスの胸元には、あの貝殻のペンダントが輝いている。

「春瀬さんの事務所、お洒落《しゃれ》やなあ」

ゆるりと率直な感想を告げながら、彼女は物珍しそうに周囲をゆっくりと見回していく。

彼らを事務所へ招き入れると、応接用のソファーへと案内した。

お茶を準備していた壱弥さんが遅れて席に着くと、源さんは姿勢を正し、口を開く。

「そういえばこれ、ナラちゃんにって思って持ってきたんです」

源さんが、鞄から一冊の本を取り出し、私に差し出した。それは茶色い表紙の古い本で、私が少しだけ読んでいた「林檎の樹」だった。

あれからずっと物語の続きが気になって、原文の本を探し続けていた。しかし古い洋書は簡単には見つからず、諦めて日本語に翻訳された本を購入しようかと悩んでいたところであった。

「いいんですか？」

「うん、うちに来てくれた時に読んではったみたいやし。大事にしてくれる人が持ってた方が母も喜ぶと思うから」

そう、源さんは嬉しそうに表情を和らげた。

ほんの少しだけページを捲っていると、今度は壱弥さんに声をかける。

「あの後、母が抜き出した詩の続きを読んでみたんです」

それは、ワーズワースの書いた「オード」という詩のことだ。

壱弥さんは真剣な顔で彼の言葉に耳を傾ける。

「もしかするとあの詩の内容が、母が私たちに伝えたかった一番のことなんかもしれません。やから、私たちは今を大切にしながら強く生きようと思います」

その強い言葉に、壱弥さんは安心した様子でゆっくりと頷いた。

あの詩の続きとは、どういうものなのだろう。

彼らが帰ったあとでこっそり壱弥さんに尋ねてみると、彼はその詩を優しく諳んじてくれた。

かつてあれほど輝いていた光が、今はもう永遠に私の視界から失くなったとしても、
あの草原の輝きや草花の栄光が取り戻せないからといって、嘆くのはよそう。
むしろ、強さを見出《みいだ》すのだ。
残されたものの中に。

その言葉はとても強く心に響いた。

誰だって輝いていた時間を失えば、嘆いてしまうものだろう。けれど、それがもう戻らないと分かった時、大切なのは過去を嘆くことではない。

今有る時間を見つめ、前に進んでいく強さを見出すことなのだ。

私は彼の言葉を反芻しながら、ゆっくりと目を閉じた。

たまゆらと思い出の帰る場所

春瀬《はるせ》探偵事務所の定休日は毎週月曜日である。

いつもは自室や書斎に引きこもってばかりの壱弥《いちや》さんも、その日だけは緩い私服姿でふらりとどこかへ出かけていくことがあった。

その行き先と言えば、良くて行きつけの珈琲屋で、それ以外のほとんどが円山《まるやま》公園と白《しら》川《かわ》一本橋である。いずれも探偵事務所から徒歩五分とかからない場所にあって、天気の良い日には公園の木陰や川辺にあるベンチで昼寝をしているらしい。

子供たちの笑声や白川のせせらぎを背景に、青々と繁る木々の下で、木漏れ日が差し込む暖かいベンチに寝転び、目を閉じる。

すると、穏やかな心地のまま眠りに就くことができるそうだ。

しかし、人目を憚《はばか》らず平日の真昼から惰眠を貪っている大人がいれば、誰でも二度見をしてしまうだろう。

それが、彼のように無駄に容姿の整った不思議な雰囲気を纏う男性ともなれば、若い女の子たちの間で噂されるのも当然であった。

〇

八月。他学部よりも遅れてやってくる試験期間を終えた私は、無事に地獄からの生還を果たしたのち、浮足立って彼の事務所を訪問していた。

久々に、心置きなく自由な時間を満喫することができるのだ。そう心を弾ませながら足を踏み入れた部屋はひどい有様ではあったが、試験を倒したばかりの私にとっては大した問題ではないように思えてくる。

見下ろした先には、相変わらず黒いソファーに埋もれる壱弥さんの姿があった。

ひょろりとした長身を器用にソファーに収め、健やかな寝息を立てている姿を見ると、寝苦しくはないのだろうかと、いつも思う。

「壱弥さん、オレンジゼリー食べる？」

仰向けで眠る壱弥さんの無防備なお腹に、冷えたオレンジゼリーの袋を載せた。

すると、彼は閉じたままの目をさらに強く瞑《つむ》ったあと、声を漏らしながらゆっくりと瞼を上げた。綺麗な顔と琥珀《こはく》色の瞳が私を凝視する。まだぼんやりとしているのだろうか。

私の顔を見上げたまま、彼はいくらかの瞬きを繰り返す。

その整った容貌に、私は少しだけどきりとした。

「ナラ……？　あぁ、夢か」

再度、夢の中に落ちそうになる彼に、私は思わずがっくりと脱力した。

「夢ちゃいます」

「ほな、幽霊？」

「なんでそうなるん」

壱弥さんは大きな欠伸を零しながら、むくりと起き上がる。

「やって全然きいひんし、地獄の試験期間のせいで死んだもんやと思ってたから」

重力に逆らうひどい寝ぐせにも気を留めないまま、彼は口先を尖らせながら呟いた。

そして、お腹の上の袋を掴み上げると、虚ろな目でそれを眺めている。

「試験期間やって分かってるやん」

「うん、そやな」

あっさりと肯定された言葉に、私はがっくりとした。

「ひとつ言うときますけど、私が掃除に来てるんも、お祖父《じい》ちゃんの大事な事務所をゴミ屋敷にされたくないからですからね」

「それも知ってる」

さらりと告げた壱弥さんは、もう一度ソファーに倒れ込んだ。

時々見せる彼の不可思議な言動は、いつも私を困らせる。

私は零しそうになる文句を呑み込んで、深く溜息《ためいき》をついたあと、床に脱ぎ捨てられたままの衣類の片付けから始めることにした。

散らかる衣類のほとんどが、彼が仕事の時に着用しているものである。白いシャツや、綺麗なジャケット、ほどかれたままのネクタイ。いずれも彼の行きつけのテーラーで仕立てられたものらしい。

過去に脱ぎ散らかされたシャツを洗濯機に放り込み、そのまま回してしまったことがあった。その時、壱弥さんが珍しく落ち込んでいたことをおぼえている。

正直、普段は特別お洒落《しゃれ》だとも言えない緩すぎる私服の彼が、スーツにだけこだわる理由がよく分からない。それに、こだわりがあるのであれば、脱ぎ捨てる前にちゃんとハンガーに掛けておけばいいのに、とも思う。

あれこれ考えると溜息しか零れないゆえに、私は考えることをやめた。

ようやく部屋の掃除に終わりが見え始めた頃、唐突にインターホンの音が鳴り響いた。

「誰やろ？」

事務所の入り口の木札は「休業日」を示しているため、その訪問者が依頼人ではないことは分かる。

私は掃除機をかけていた手を止めて、入り口へと向かった。

格子戸の向こう側は眩しい光で溢れている。

そこにはっきりと浮かび上がる人影は、百二十センチにも満たない小さな子供のようであった。身に覚えのない訪問者に、私はおそるおそる戸を開く。見下ろした先に立っていたのは、初めて見る少女であった。

少女は長いさらさらの茶髪を左右の耳の下で綺麗に結わえ、黄色い向日葵《ひまわり》が咲いたワンピースを纏っている。両手には大きな紙袋が抱えられており、私の姿を見上げると、こくりと首をかたむけた。

「お姉ちゃん、誰?」

うっすらと緑がかった綺麗な瞳に見つめられ、私はその返答に戸惑った。

「えっと、私は壱弥さんの友達で、高槻ナラっていいます。あなたは?」

「いっくんの友達? 貴依《きえ》はなぁ――」

その時、寝惚け眼を擦る壱弥さんがふらりと姿を見せた。その姿に気が付いた少女は、きらりと瞳を輝かせる。

「いっくん!」

抱えていた紙袋を私に差し出すと、少女は勢いよく壱弥さんに飛びついた。その笑顔が心なしか壱弥さんとよく似ているように感じた直後、私ははっとした。

「……もしかして、壱弥さんの隠し子?」

「あほか」

少女を軽々と抱き上げた壱弥さんは、低い声でそれを否定した。

「春瀬貴依ちゃん八歳です。いっくんの可愛い娘でーす!」

壱弥さんの身体《からだ》にぎゅっと抱きついたまま、少女は満面の笑みで私に挨拶をした。その台詞《せりふ》に、私はもう一度彼の顔を見やる。

「……やっぱり、まさかとは思たけど」

「やから、俺の子とちゃうって。貴依もややこしくなるから黙り」

「やって〜。貴依はいっくんのこと大好きやもんっ！」

困った顔で呟く壱弥さんを見て、少女はけらけらと笑った。

「ちゃんと言うとくけど、貴依は姪や」

唐突に告げられる真相に、私は目を見張る。

壱弥さんの姪――ということは、兄である貴壱《きいち》さんの子供だということだ。

「ちょっと待ってください。貴壱さんって結婚してはるんですか？」

「なんや、知らんかったんか」

貴依ちゃんをゆっくりと地面に下ろすと、壱弥さんは怪訝《けげん》な表情を見せる。

「ちなみに、三歳の息子もいるし、引くくらい親バカやで」

追い打ちをかけるような台詞に、私は愕然とした。

確かに、貴壱さんのような落ち着いた大人の男性であれば、結婚していたとしても何もおかしいことではない。ただ、彼の周囲を取り巻く空気は一切の生活感を感じさせず、左手の薬指にはそれを証明する指輪もない。

ゆえに、私はその可能性を失念していたのだ。

「知りませんでした。……というか、ちょっとショックです」

「なんでおまえがショック受けるん」

「だって貴壱さんは永遠の憧れですし……。勝手に誰のものでもないと思ってました」

「なんやそれ」

私が落胆すると、壱弥さんは理解できないと言わんばかりに肩をすくめた。

「お姉ちゃんもパパのこと好きなん？」

「うん。貴依ちゃんのパパはいっつもスマートで紳士的やし、優しいし、私服もお洒落でかっこいいもんね」

「パパかっこいいやろ！　貴依も大好きやねん」

壱弥さんは不満げに私を見下ろすと、乱れていた黒髪を手櫛《てぐし》で直し、口先を尖らせる。何か言いたいことでもあるのかと思ったが、彼はいつもの無表情のまま事務所のソファーへと腰を下ろした。

貴依ちゃんが抱えていた紙袋には、クリアケースに並べられた焼菓子が入っていた。それは、兵庫県西宮市にある有名なケーキ屋の看板商品「夙川《しゅくがわ》クッキーローゼ」というもので、伯父母の家へ遊びに出かけた際のお土産なのだという。

ほろりと崩れる素朴な味のクッキーに、甘いアプリコットジャム。ひとつ含んでみれば、くど過ぎない優しい甘みが口の中にふわりと広がっていく。その飾らない味は、ずっと昔に食べたことがあるような、どこか懐かしい感覚を抱かせるものであった。

「そういえば、ナラお姉ちゃんって匡一朗《きょういちろう》おじいちゃんの知り合いなん？」

冷えたオレンジゼリーをスプーンで掬いながら、貴依ちゃんが私に問いかける。その質問に、私は少しだけ驚いた。

祖父が亡くなったのはもう四年も前の話だった。

目の前の少女はまだ八歳になったばかりの子供で、たとえ祖父に会ったことがあるとしても、当時は就学前の幼子だったはずだ。それなのに、彼女は祖父のことを記憶しているというのだろうか。

私は疑問を抱きながらその質問に返答する。

「うん、匡一朗お祖父ちゃんは私のお祖父ちゃんやで」

そう告げると、彼女は緑がかった瞳を輝かせたあと、興奮気味に言葉を続けていく。

「貴依、匡一朗おじいちゃんに遊んでもらったことおぼえてるよ。おじいちゃんはめっちゃ優しくて、貴依に絵本読んでくれたり、一緒にお絵かきしたりしたんやで。それに、おじいちゃんはべんごしで、すごい人やってパパが言うてた。そやから貴依もおじいちゃんのこと大好きやねん」

貴依ちゃんは纏う向日葵と同じように、満開の笑顔で告げた。その純粋な瞳からは、祖父のことを心から好いてくれているということがよく伝わってくる。

尊敬する祖父が、こんな小さな子供にまで愛されているのだと思うと、私はとても嬉しくなった。

貴依ちゃんは何かを思い出したように声を上げた。

「今お姉ちゃんと喋ったこと、日記に書いてもいい？」

そう言って、小さな手提げ鞄から取り出したのは、夏休みの宿題だという絵日記帳であった。そこには独特なコミカルなイラストとともに、短い英文がいくつも並んでいる。

壱弥さんによると、貴依ちゃんが通っている小学校はミッション系の私立学校で、初等部より英語教育にも随分と力を入れているそうだ。その筆跡は八歳の子供らしい少し歪《いびつ》なものではあるが、綴《つづ》られる文章はシンプルでとても読みやすい。

「貴依ちゃん、これちょっと読んでもいいかな？」

「ええよー」

順にページを覗き込むと、そこには夏休みの間に起こった様々な出来事が記されていた。家族で近くの「京都市動物園」に出かけたことや、縁日で壱弥さんに「前田のベビーカステーラ」を買ってもらったこと、弟と一緒に「岡崎公園」の芝生広場を走り回ったこと。そんな日常が、可愛らしい文字と決して上手とは言えないイラストで表現されている。

ふと、私は画面の端に描かれている黒猫の絵に目を留めた。

ページを捲《めく》っても、捲っても、背中を向けた黒猫は必ずどこかに潜んでいる。その黒猫の存在に、私は疑問を抱いた。

「この猫ちゃんは、貴依ちゃんとこの子？」

そう問いかけると、机を挟んだ反対側に座っていた壱弥さんが、私の手元をふわりと覗き込んだ。

「うちの猫ちゃんちゃうよ。毎日おんなじところに座ってるから、面白いなあって思て観察してるねん」

彼女の話によると、その黒猫は家の近くにある大きな屋敷の前で、いつも道路に背を向けて座っているという。それも、まるで施錠されたままの門を開けてほしいと言わんばかりに、琥珀色の瞳でじっと屋敷を見つめているそうだ。

「でもな、おとといから猫ちゃん見てへんねん。なんでやろ？」

そう、貴依ちゃんは首をかしげた。

「まぁ猫って気まぐれやし、そんなもんやろ」

壱弥さんは大きな欠伸を零しながらけだるげに告げる。その姿を見ていると、陽だまりの中で微睡《まどろ》む黒猫の姿が頭に浮かんだ。

きっと、彼は猫に似ているのだ。

そっけなくて、でも時々人懐っこくて、うたた寝をしていて、気まぐれで、何を考えているのかよく分からない。それでも、前を見据える瞳はとても澄んでいる。

私が絵日記帳を返却すると、貴依ちゃんは鞄から色鉛筆を取り出した。そして先ほど食べたばかりのオレンジゼリーの絵を描き始める。

「貴依な、猫ちゃんに会えるかなって思て、まいにち散歩してるねん」

そう、彼女は瑞々《みずみず》しい果実の器を見つめながら、橙《だいだい》色の色鉛筆を握り、ゆっくりとその輪郭をなぞる。

「猫ちゃん、誘拐とかされてへんかったらええねんけどなあ」

とは言うものの、猫の誘拐なんて聞いたことがない。

応接用のソファーで楽しそうにイラストを描く少女を眺めながら、私は掃除の続きをするためにゆっくりと立ち上がった。それに気が付いたのか、壱弥さんもまた、仕方ないというように自分のデスクに散らばった書類を片付け始める。

きっと壱弥さんが掃除の手伝いを始めたのも、黒猫がいなくなったのと同じ。

気まぐれによるものなのだ。

○

最高気温三十五度を超える猛暑日を予報する本日は、雲ひとつない澄んだ青空で、外は灼けるように暑かった。

容赦なく輝く太陽のせいで、ほんの少し外に出ただけでも肌にはじっとりとした汗が滲む。その不快感に、私は纏っていた水色のシャツの袖を捲《まく》り上げた。

昨日は事務所の掃除を済ませたあと、貴依ちゃんと遊び一日が終わってしまった。ゆえに、今日こそは祖父の書斎で本を読みながらまったりと休日を過ごすつもりだった。

私は事務所を目指して自転車を走らせる。

いつもと同じように白川通を進もうとした時、ふと昨日の出来事を思い出した。

確か、貴依ちゃんは黒猫の行方を心配し、会えるかもしれないという気持ちで毎日のように周辺を散歩しているのだと話していた。

壱弥さんは「猫は気まぐれやから」なんて言ってはいたが、毎日同じ場所にいた黒猫が突然姿を見せなくなったのであれば、気になってしまうのも当然だろう。

私は今出川通を東へ引き返し、銀閣寺の参道の手前から南へ続く鹿ヶ谷《ししがたに》通を抜けて事務所に向かうことにした。

鹿ヶ谷通はごく普通の住宅地の間を抜ける通りである。そこから少しだけ東に入れば、桜の名所でもある琵琶湖疏水《びわこそすい》の散策路、哲学の道が続いている。夏季は葉桜が美しく、その新緑は涼しげな流水音とともに疲れた心に潤いをもたらし、癒しを与えてくれるものであった。

生温くそよぐ風を感じながら、古い小学校の前を過ぎようとした時、校門のすぐそばにある掲示板に目が留まった。自転車を止めると、私は黄緑色の掲示板に貼り付けられた一枚の紙を覗き込む。その紙の真ん中には、艶やかな黒い毛並みの猫の写真が印刷されていた。

《迷子の黒猫、捜しています。》

その文字を目にした私ははっとした。そして、ハンドルを握る手に力を込めると、急いで自転車を漕ぎ進めた。

事務所の入り口を勢いよく開くと、珍しくデスクに向かっていた壱弥さんが驚いた様子で顔を上げた。

「壱弥さん！　聞いてください……！」

靴のまま事務所に上がり、彼の座るデスクへと近づいていく。壱弥さんは私の姿を目で追いながら訝《いぶか》しい表情を見せた。

「なんや、そんな慌てて」

「黒猫、ほんまに誘拐されてるかもしれへん」

「黒猫？　貴依が言うてた猫のことか？」

私はその質問を首肯し、来る途中で見た貼り紙のことを話した。

「おまえ、なんでその写真撮ってきいひんねん。連絡先とか書いてあったやろ」

「やって、はよ壱弥さんに伝えやなって思ったから、そんなん思い浮かばへんかったし」

壱弥さんは少しだけ呆れたように溜息をついた。

「しゃあないな。時間はようさんあるし、直接見に行くか」

そう、彼は大きく伸びをすると、ゆっくりと立ち上がった。


私たちが目指したのは、京都市左京区鹿ヶ谷である。

神宮道《じんぐうみち》を離れ、三条通《さんじょうどおり》を東へ進んでいくと、その先には南禅寺《なんぜんじ》へと抜ける近道でもある煉瓦造りのトンネルがあった。

それは「ねじりまんぽ」と呼ばれ、その由来は螺旋《らせん》状に組み上げられた煉瓦の構造によるものである。

かつて、琵琶湖疎水の舟運が稼働していた明治時代から昭和初期には、そのトンネルの上には舟を運ぶ傾斜鉄道《インクライン》が通っていたそうだ。ゆえに、その重みに耐える構造として、「ねじりまんぽ」が組まれたのだという。

また、三条通に面するトンネルの入り口の上には、粟田焼《あわたやき》の扁額に刻まれた「雄観奇想」という文字が掲げられている。それは、明治維新後に衰退した京都の復興を願う、希望に溢れた言葉である。そんな祈りの籠もったノスタルジックな容貌と、渦巻く煉瓦の景観は、古い京都の街並みと調和し、どこか別世界へと引き込むような不思議な錯覚を抱かせるものであった。

私たちはゆっくりと歩きながら不思議なトンネルを抜け、寺社の敷地を縫うように続く小路を歩く。そこから脇を流れる小川を辿るように進んで行くと、鮮やかな日差しに反射する石畳の道が現れた。

ふと天井を見上げると、そこには高さ二十二メートルにもおよぶ荘厳な構えの三門が、青空を覆い隠すようにそびえていた。

「……南禅寺か、懐かしいな」

真っ直ぐに続く石畳の入り口で、壱弥さんは三門を見上げながらふと零した。

私は彼の横顔を見やる。

「昔このへんで遊んだん、なんとなくおぼえてるわ」

「壱弥さんって、このへんに住んではったんですか？」

私の質問に、壱弥さんは遠い記憶を思い出すようにすっと目を細めた。

「あぁ、今兄貴が住んでるところが、昔の家があった場所や」

つまり、彼は輝く自然と寺社に囲まれたこの土地で生まれ、育ったということだ。

思い返せば、彼は兵庫県の伯父母に引き取られるまでの間、ずっと京都に住んでいたのだと話していた。

ただ、彼の言葉を聞くと家は既に建て直しをされているようで、もうそこに生家が残っていないことが分かる。それでも、その場所や、それを囲む周辺の景色には、亡くなったご両親との思い出が沢山溢れているはずだ。

私にとっての祖父の事務所と同じように。

懐かしい景色を前に立ち止まったままの壱弥さんを見ると、微かに眉尻を下げたような気がした。

それから、鹿ヶ谷通を歩み進めようと視線を下げた時、石畳の傍らの砂利道の隅にしゃがみこむ一人の少女に目が留まった。青紅葉の隙間から差す木漏れ日が、少女の身体に降り注ぎ、きらきらと光るまだら模様を描いている。

その少女は、昨日出会った壱弥さんの姪――貴依ちゃんであった。

「あ、いっくんとお姉ちゃん！」

私たちの姿に気が付いた彼女は、立ち上がり大きく手をふった。

私は石畳を歩く壱弥さんの背中をゆっくりと追いかける。

「なんでここにおるん？」

「あぁ、ちょっと貴依が言うてた黒猫のことが気になってな」

ふーんと相槌《あいづち》を打つと、彼女は再びしゃがみ込む。そして、小さな指で石ころを拾い上げると、裏表に返しながらそれを吟味しているようであった。

壱弥さんもまた、彼女の隣で膝を折る。

「ママは仕事か？」

「うん」

貴依ちゃんは壱弥さんの視線を気にも留めないまま、ずっと石ころを眺め続けている。

「律己《りつき》は？」

「りつくんは保育園やで。貴依な、もう夏休みの宿題全部やってしもたから暇やねん」

壱弥さんいわく、律己くんとは彼女の弟のことらしい。

「あっ、これハート形や」

そう言ってポケットに小石をしまい込むと、貴依ちゃんはようやく立ち上がった。

「学校の友達とは遊ばへんの？」

「みんな夏休みの旅行や。うちはパパもママも仕事やし、忙しいからええねん」

貴依ちゃんは軽快な足取りで、三門の前の石段を三つ駆けのぼった。纏う涼しげなブルーチェックのワンピースが、私の視界の真ん中でふわりと翻る。

その時、私はふと思い出した。

私が幼い頃、父は単身赴任で、母と祖父は毎日のように事務所で仕事をしていたゆえに、彼女と同様に長期休暇中はたった一人で昼間を過ごすことが多かった。

誰もいない静かな自宅にいると、次第に飾られた置物や時計の音でさえも恐ろしくなって、いつも自転車で祖父の事務所に出かけてたことをおぼえている。そんな寂しさや心細さを思い出すと、目の前の少女が当時の自分と重なって、どこか弱々しく見えた。

私は石段の上に佇む彼女をそっと抱きしめた。

「ナラお姉ちゃん、どうしたん？　寂しなったん？」

「うん、ちょっとだけね。貴依ちゃんは一人でも寂しくないの？」

両手をほどくと、彼女は可憐な声で小さく笑う。

「貴依は寂しくないで。パパが休みの時はいっぱい遊んでくれるし、いっくんもおるもん。でも、一人で遊んでても面白ないねんなぁ」

「そっか、じゃあ今日もお姉ちゃんたちと一緒に遊ぶ？」

ようやくゆるりと立ち上がる壱弥さんに視線を送ると、彼は私の言葉を肯定するように静かに頷く。その瞬間、貴依ちゃんはぱっと表情を明るくした。


目的の場所に辿り着いたのは、鹿ヶ谷通を北へ十五分ほど歩き進めたところであった。

小学校の前にある掲示板には、変わらず迷子の黒猫を尋ねる貼り紙がある。改めて見てみると、そこには黒猫に関するいくつかの情報が記されていた。

「なぁいっくん、貴依も近くで見たい」

そう、不満げな表情の貴依ちゃんは壱弥さんの腕を掴みながら、一生懸命に背伸びをしている。その様子を見た壱弥さんは「あぁ」と相槌を打って、彼女を軽々と抱き上げた。

「どうや、貴依が言うてた黒猫はこの子か？」

壱弥さんの問いかけに、貴依ちゃんは真剣な目でその貼り紙を覗き込む。

「うん、多分この子やと思う。こんな色の首輪してたもん」

彼女が指で示す先には、綺麗な茜色の首輪が写っている。

「あと、首輪のうしろに銀色の札がついてて、この名前と一緒の漢字書いてあったで。なんて読むんか知らんけど」

その言葉に、私たちは視線を移動させた。

——玉響《たまゆら》。

貴依ちゃんは首をかしげた。

「たまゆら、やな」

「たまゆら？　なにそれ？」

そう、不思議そうな顔で壱弥さんの言葉を復唱する。

壱弥さんいわく、玉響とは「少しの間」「かすかな」という意味を持つ古い言葉だそうだ。その音韻は、日本語特有の柔らかさと美しさを印象付ける。

「変わった名前やな」

「飼い主さんの趣味でしょうか」

記された連絡先によると、その飼い主であろう人物は立花《たちばな》さんというそうだ。住所の記載はなく、丁寧な筆跡でその名と電話番号だけが記されている。

「とりあえず、詳しい話だけでも聞いてみるか」

電話をかけようと壱弥さんがスマートフォンを取り出した時、貴依ちゃんが「あっ」と声を上げた。

「貴依、この人の家知ってる」

「え、ほんまに」

「うん、あっち！」

そう進むべき方角を指で示すと、いつの間にか壱弥さんの背中に移動した貴依ちゃんは、握った小さな拳を頭上に突き上げながらゴーサインを出した。

彼女の案内で住宅の間を進んでいくと、大きな門のある屋敷に辿り着いた。

「ここが言うてたお屋敷や」

貴依ちゃんは大きな門を構える屋敷を示しながら告げる。どうやらこの場所が、黒猫が毎日のように座っていた屋敷なのだという。しかし、今はその姿はどこにも見当たらない。

そのまま続く細い一本道を歩き進め、五十メートル程離れた家の前で貴依ちゃんはもう一度声を上げる。

やや古めかしい洋風の一軒家であった。

錬鉄の門の脇には凌霄花《のうぜんかずら》が蔓《つる》を這わせ、青空に映える橙色の花をいくつも綻ばせている。そのすぐ後ろには、百日紅《さるすべり》が鮮やかな桃色のフリルを揺らしながら咲いており、また、道路と庭とを隔てる場所には、きっちりと整えられた椿の垣根があった。

それを見るだけで、この家の住人が花を好いていることがよく分かった。

綺麗な夏の花に見惚《みと》れていると、壱弥さんの背中にしがみついていた貴依ちゃんが軽やかに着地する。そして、迷うことなく訪《おとな》いを告げるインターホンを押した。

「あ、貴依！」

壱弥さんは慌てて彼女を制止する。しかし、一度押してしまったそれを取り消すことはできない。けらけらと笑う貴依ちゃんに壱弥さんが頭を抱えた直後、少し掠れた年配の女性の声が響いた。

「どちら様ですか」

その声の主は庭木の隙間を抜けて私たちの前へと姿を見せる。そして、目の前で笑顔を輝かせる少女を目にした途端、表情を綻ばせた。

「あら、春瀬さんところのお嬢さん」

貴依ちゃんは満面の笑みで挨拶をする。私たちもまた目の前の老婦に向かって頭を下げると、彼女は小さな身体を曲げて会釈をした。

「突然すみません」

そう、謝罪する壱弥さんに視線を移動させると、彼女は不思議そうな顔を見せる。

隣にいる私たちが少女の両親ではないことに疑問を抱いているのかもしれない。そう思った直後、彼女の表情がふわりと柔らかくなった。

「もしかして、壱弥くん？」

唐突に名前を呼ばれ、壱弥さんが眉間に皺《しわ》を寄せた。

「貴壱くんの弟さんかと思ったんですけど」

ちゃうかったかな、と彼女は首をかしげる。壱弥さんは困惑した様子で視線を泳がせたあと、小さく頷いた。

「すいません、そうです」

「やっぱり。よう似たはるからそうやと思ったんです」

優しい声で呟く老婦に、壱弥さんは愛想笑いを零す。

「もう二十年以上前の話やし、覚えてへんやろけど。えらい大きならはって」

貴壱さんよりも背の高い壱弥さんを見上げながら言った。

二十年と言えば、彼がまだこの周辺に住んでいた幼少の頃の話なのだろう。どうやら彼女は兄弟の幼少期だけではなく、亡くなったご両親のことも知っているようであった。

そのまま私たちは自宅に招かれ、涼しい部屋へと上がった。そして、ソファーに着くと、立花さんは私に視線を向ける。

「お嬢さんはどこの子？　壱弥くん、随分若い奥さん捕まえはったんやな」

その言葉に、壱弥さんは軽く吹きだした。

私も、手をふりながら慌ててそれを否定する。

「いえ、私たちはそういうんではなくて……」

「これは世話になった人の孫で、そのよしみで今でもかかわりがあるだけです」

「あらぁ、そうやったん。かんにんな。お似合いやったし、てっきり」

壱弥さんは少しばつが悪そうに苦笑したあと、訂正をかけるように私のことを簡単に紹介してくれた。

それから、私たちがここに訪問した理由を伝えると、彼女はゆっくりと黒猫について話し始めた。

「たまちゃんが帰ってこやへんようになったんは、四日前のことです」

玉響は普段から昼間はほとんど家におらず、あの大きな門のある屋敷や南禅寺の周辺を気まぐれに散歩していることが多いという。それでも午後五時になる前には必ず帰宅し、気が付くと部屋の片隅で静かに眠っているはずだった。

いつもならば名前を呼べばどこからともなく姿を見せるはずなのに、どこを捜しても彼女の姿は見当たらない。それからずっと、彼女の行方は分からないままだそうだ。

「たまちゃんがおらんようになった時に、ご近所さんに色々聞いてまわったんですけど、はっきりとした情報は何もなくて。ただ、昼間にあのお屋敷の周辺を女性がうろついてはったって聞いたんです。もしかしたらその人がたまちゃんを攫《さら》ってしもたんかもって」

ただ、見知らぬ猫を攫う目的がよく分からない。

貴依ちゃんが、ふと口を閉じた。

「なんでたまちゃんは、あっちのおっきい家の前に座ってたん？」

それは、彼女が初めに抱いた疑問であった。その言葉に、立花さんはほほえんだ。

「実は、たまちゃんはあの家に住んではった藤原《ふじわら》先生ところの子やったんです」

「藤原先生？」

「えぇ、元々表札も出されてへんかったし、先生のことはご存じないでしょうけど」

立花さんは静かに告げる。

彼女の話によると、今から半年ほど前まで、玉響はあの大きな屋敷の中で藤原さんという年配の男性と一緒に暮らしていたそうだ。しかし、現在はあの屋敷には誰も住んではいないという。

「ということは、前の御主人は……」

「それが、藤原先生もあのお屋敷から急に姿を消してしまったんです」

そう、立花さんは悲しげに目を伏せる。

「はじめは私も先生のこと捜してみようとも思ったんですけど、やっぱり事情があって姿を消さはったんやろし、それを無理やり捜し出すのも野暮やと思ってね。それに、たまちゃんももう十六歳のおばあちゃんやから、生まれ育ったこの土地で逝ける方が幸せやろ思って」

それで、近所に住む友人でもあった立花さんが玉響を引き取ったということだ。

壱弥さんは次の質問をする。

「玉響って名前は、藤原さんが付けはったんですか？」

その問いに、彼女はゆっくりと首肯した。

「もう随分と昔の話やけど、奥様が亡くならはってからすぐ一緒に住み始めた子らしいんです。奥様は若くして亡くならはったから、先生は寂しかったんやろねえ。確か、『玉響』は奥様を偲んで和歌から取ってきたんやって言うてはったと思います」

「和歌、ですか……」

そう、怪訝な色を浮かべながら壱弥さんは呟いた。

玉響とは、とても印象的な響きの名である。口にするたびに、その儚い雫《しずく》のような柔らかいイメージがふわりと浮かんでくる。

立花さんによると、藤原先生は大学で国文学を教えていたそうだ。

今はもう七十を過ぎ、その専門からは退いているそうではあるが、当時はまだ現役で、息をするように美しい和歌を口ずさんでいたに違いない。

一線を退いたあとも、趣味の一環で同じ志を持つ友人たちに和歌を教えていたという。そのため、皆が彼のことを先生と呼んでいるのだろう。

「素人にも親しめるような有名なものばっかかやったけど、さすがは先生やって感じで分かりやすく話してくれはるんですよ。ずっと京都に住んでるわりには知らんこともいっぱいあるもんやなぁって、話聞くたびに色々気付かされてね。それが面白くて」

その感覚はよく分かる。

大学で講義を聞いている時とはまた違う、誰かに些細なうんちくを教わった時のような、心の底から湧き上がるわくわく感。それは、子供の抱く好奇心にも似ているのかもしれない。

ふと、何かを思い出した様子で立花さんが顔を上げた。

「そうそう、見てほしいものがあるんですけど、ちょっと待っててくれはりますか」

そう言い残すと、立花さんはゆっくりと立ち上がり、別の部屋へと姿を消す。それから僅か数分後、彼女は小さなアルバムを抱えながら部屋に戻った。

見てほしいと言ったのは、どうやら写真のようであった。

「これが、藤原先生の写真です」

差し出されたアルバムを覗き込むと、そこには黒猫を抱き上げる男性と立花さんが写っていた。変わらず茜色の首輪をしている玉響は、まだ仔猫の頃なのか、貼り紙の写真よりも一回り小さく見える。

藤原さんは、目尻が緩やかに下がった面立ちの優しい男性だった。

いくつもの写真に目を滑らせていくと、長閑《のどか》な光が差し込む縁側で碁を打つ二人の男性に目が留まる。

「こちらの方は？」

藤原先生と向かい合うもう一人の男性を指で示しながら問うと、立花さんがそれを見やった。その男性の姿を確認すると、柔らかく表情を緩める。

「これは私の旦那さんです。先生とは囲碁仲間で、暇があればお互いの家で対局してはるくらい仲が良かったんですよ。彼は写真を撮るのが好きなひとで、アルバムがいっぱい残ってるんも、写真が彼の趣味やったからなんです」

その言葉が過去形であるのは、既に彼がこの世を去っているということなのだろう。少し寂し気に、でも誇らしげに笑いながら彼女は話す。

ページを捲っていくと、後半のほとんどが黒猫の写真で埋められていることに気が付いた。庭の片隅に佇みこちらを見やる姿や、屋敷を眺める背中、カメラに興味を示すように画面いっぱいに写された顔。中でも、ひと際目を引く写真――それは、南禅寺三門の前で長い尾を翻す姿であった。

夜闇のような漆黒が、柔らかく差し込む朝日に照らされてうっすらと橙色に染まっている。少しだけ景色はぼやけているものの、それが逆に光を受けてぼんやりと光っているようにも見えた。

「この写真、すごい綺麗ですね」

私がそう告げると、立花さんは柔らかい声で礼を告げた。

「なあいっくん、貴依にも見せて」

貴依ちゃんは壱弥さんの手元にあるアルバムを覗き込もうと、何度も首を伸ばしている。

そして、アルバムを受け取り、しっかりとその姿を捉えた彼女は感嘆の声をもらした。

「たまちゃん、きらきらしてる」

アルバムを頭上に掲げると、写真用紙特有の光沢が窓から注ぐ陽光にきらりと光る。それを見つめる瞳もまた、輝いているようにも見えた。

「でもなんでたまちゃんの写真ばっかりなん？」

「それはね、また藤原先生に会えた時、たまちゃんがちゃんと元気にしてたってこと伝えたいって思ってな」

それで、懐かしい夫のカメラを持ち出して、見よう見まねで慣れない写真を撮り始めたのだと彼女は苦笑する。しかし、それが亡くなった夫との思い出をなぞるきっかけにもなっているのだろう。

その時、ふと立花さんは何かを思い立った様子で両手を打った。

「もし、皆さんがたまちゃんのこと捜してくれはるんやったら、どれでも好きな写真を持っていってください」

「ええの？　ほな、この綺麗なたまちゃんほしい」

「どうぞ。もし、どこかでたまちゃんのこと見かけたら教えてね」

その言葉に頷いた貴依ちゃんは、壱弥さんに向かって言う。

「いっくん、たまちゃんのこと捜してあげたい」

「その気持ちは分かるけど……」

「悪い人に誘拐されたかもしれへんのやったら、助けてあげやなあかんし」

ええやろ？　と希《こいねが》うようにして、貴依ちゃんは壱弥さんを見上げる。その純粋な眼差しに、壱弥さんは困ったように首を掻いた。

「簡単に言うけどな、意思疎通のできひん動物を捜すのって大変なんやで。専門家じゃあるまいし」

「でもいっくん、さがしものするのが仕事なんやろ？」

「それはそうやけど」

痛いところを衝《つ》かれたのか、壱弥さんは苦い表情を見せる。彼女の強い言葉に負けて、壱弥さんは仕方ないと首を縦に振った。

その会話を聞いていた立花さんは、不思議そうな表情で壱弥さんに問いかける。

「壱弥くんのお仕事って……」

あぁ、と言って差し出した名刺に視線を落とした彼女は、少しだけ驚いた様子だった。

それから、拝借した写真を鞄へとしまった時、ちょうど午後三時を報せる時計の鐘が鳴った。

「ほな、そろそろお暇《いとま》させてもらいます」

「そうや、壱弥くん」

立ち上がった壱弥さんを見上げながら、彼女は色を正した表情で呼び止めた。壱弥さんは低い声で返事をする。

「ほんまはゆっくり時間のある時に貴壱くんに渡そうかと思てたんですけど、壱弥くんがここに来てくれはったんも縁やと思うんです。嫌やなかったら、これは壱弥くんが持っててあげてください」

そう言って差し出された写真を見た瞬間、壱弥さんの表情がひどく強張るのが分かった。手に携えた小さな紙きれを、金縛りにでもあったかのように凝視している。

「ご両親のことは、ほんまに残念でしたね」

その言葉を聞いて、私はようやくその写真におさめられたものがなんであるかを理解した。

立花さんの弔いの言葉に、壱弥さんは息を吹き返すようにして顔を上げた。そして、凍り付いていた表情を柔らかくほぐす。

「……お気遣いありがとうございます」

その表情に反し、瞳は本当の感情を隠すように曇っていた。

春瀬家は南禅寺の北側、永観堂を越えた先にある住宅街の片隅にひっそりと佇んでいる。私たちは玉響の写真を携えて、周辺の聞き込みや捜索をしてまわった。しかし、ついに有力な情報は得られないまま、太陽が傾き始める。

本日はこれまでと、貴依ちゃんを自宅に送り届けたあと、橙色に染まる空を眺めながら、私たちはゆっくりと元来た道を引き返した。

壱弥さんは、先の揺らいだ心さえもまったく感じさせないくらい、平然とした様子で過ごしていた。それが、本当に何事もなかったかのようで、少しだけ不気味に感じられる。

ねじりたんぽを潜り抜けたところで、私は抱いていた疑問を壱弥さんへと投げかけた。

「これからどうやって猫を捜すんですか？」

彼が言っていた通り、意思疎通の図れない動物の捜索は、本来なら相応の専門知識を持った探偵社が行うことが多い。もちろん、正式な調査依頼は受けていないゆえに、どこまで本格的な調査を行うのかは彼の気分によるところが大きいことも分かっている。

珍しく壱弥さんが返答に困っている様子で、うんと考え込んだ。

「高齢の猫やって言うてはったし、弱った姿を隠すために人目の少ないところで静かに過ごしてるだけかもしれへんしな。捜したところで絶対に見つかるとは言えへんやろ」

それも彼の言う通りだ。

「……でも、前の飼い主の失踪については気になるな。まずは彼の身内について分ればええんやけど」

しかし、立花さんの話によると籐原先生の奥さんはずっと昔に亡くなっているようで、他の身内とは会ったこともなければ、存在すらも分からないという。

他に彼の身内についての情報を得られる人物はいないだろうか。

「例えば、先生のことを知ってる大学関係者をあたる、とかですかね」

「その路線はありやと思うけど、どこの大学か分らんのが問題やな。文学部の知り合いもおらんし」

そう言い切った直後、壱弥さんは「あっ」と声を上げ、嫌悪感を示すように眉間に皺を寄せた。

「文学部出身のやつ一人だけおったわ……きらきら優男」

その呼び名には明確な悪意が込められているように感じられる。壱弥さんは溜息をつくと、スマートフォンを取り出した。

事務所へと辿り着くころには陽もほとんど落ち切って、周囲はすっかりと夜の色を纏っていた。それでも、じめじめとした暑さは変わらず続いている。

空調の利いた涼しい部屋でようやく一息ついた時、訪問を告げる呼び鈴が鳴り響いた。

壱弥さんに代わり、私はゆっくりと入り口の戸を開く。

そこには、和服姿の男性が佇んでいた。

「主計《かずえ》さん」

その呼名に、彼はほほえみながら静かに会釈を返す。

その装いは夏らしく、縞の入った灰色の縮《ちぢみ》の着物に、淡い灰色の紗羽織がとても涼やかな印象だった。

彼を部屋に招き入れると、ちょうど壱弥さんがアイスコーヒーをグラスに注いだところであった。それを右手で握り、ひとつずつ机に並べていく。

「わざわざ来てもろて悪かったな」

「ううん。ちょうどそこの無鄰菴《むりんあん》にいてたし、帰りに事務所に寄るつもりやったから」

無鄰菴と言えば、明治から大正時代にかけて活躍した政治家・山縣有朋《やまがたありとも》の別荘で、日本庭園が美しい、国の名勝にも指定されている場所である。

そんなところで何をしていたのだろうかと、疑問符を浮かべていると、主計さんは察したようにその答えを告げた。

「紅葉の時季にそこで着物とお茶会のイベントを企画してるんやけど、その下見と打ち合わせでな」

だから彼は、こんな暑い日でもきっちりと和服を纏っているのだろう。

主計さんは提げていた紙袋をかたわらに置いて、脱いだ羽織をソファーの背もたれへとかける。

「そこで、お茶菓子用意してくれはる和菓子屋さんが『ご贔屓《ひいき》に』って、抱えきれへんくらいお菓子くれはってな。うちで食べきれる量ちゃうし、壱弥兄さんとこにも引き取ってもらおうかと思て」

「なるほど。それで事務所に来るつもりやったんか」

「この辺、久しぶりに来たっていうのもあるし」

壱弥さんが納得したように告げると、主計さんは静かに頷いた。そして、ふと思い出したように口を開く。

「そういえば、二人はどっか出かけてたん？」

「鹿ヶ谷の方で調査してて。おまえに聞きたいことにも関係してるんやけど」

「そや、僕に聞きたいことあるって電話で言うてはったもんな」

壱弥さんは「あぁ」と、一拍を置いてから机の隣にあるオットマンへと腰を下ろす。そして、単刀直入に主計さんへと質問を投げた。

「国文学専門の藤原先生って知ってるか？」

アイスコーヒーを一口飲んだ主計さんは、長い睫毛《まつげ》の目をしばたたかせる。

「鹿ヶ谷に住んではる藤原先生ってことなら、知ってるよ」

「ほんまに」

壱弥さんは少しだけ身を乗り出した。

「藤原義久《よしひさ》先生っていう、『万葉集』とか、『日本書紀』なんかの上代日本文学を専門にしとった教授さんやな。話の面白い先生やったし、僕も『万葉集』の講義は受けたことあるよ。でも、藤原先生はもうご高齢やし、大学にはいてへんと思うで」

それは知っている。七十一歳を迎えたばかりであると、立花さんが話してくれていた。

「主計さんは大学で古典文学の勉強をしてはったんですか？」

「うん。国文学科やったから、古典だけには限らへんけど」

だから彼は和歌に詳しく、初めて会ったあの時にも、『万葉集』に収められている姫百合《ひめゆり》の歌の話をしてくれたのだろう。秘めやかに抱く心を映したその情景は、今でも私の記憶の中で鮮烈な色を残している。

壱弥さんは質問を続けていく。

「ほな、藤原先生が行方不明になってるってことは？」

その言葉を聞いて、主計さんは目を見張った。

「それは知らんわ。行方不明ってどういうこと？」

「詳細が分からへんから困っててんねん。そやし、まずは藤原先生のことを知ってるやつに話聞こうかと思って」

彼の言葉を耳に、主計さんはようやく話の筋を見つけたようだった。

「それで、藤原先生がどんな先生やったんか、分かる限りでええから教えてほしい」

「どんな先生やったかって言われてもな……」

「たとえば、変な噂があったとか、家族のこととか」

壱弥さんの言葉に、主計さんは少し眉尻を下げた。そして、両の指を絡める手元に視線を落とすと、思い出すようにゆっくりと話し始めた。

「あんまり気の毒な話はしたないんやけど、先生の奥さんが亡くならはった時のことなら噂で聞いたことくらいはあるよ。なんでも、先生が出張中にうちで倒れはって、そのまま亡くなったとかで……」

彼の妻が去ったのは残暑の厳しい晩夏だった。

繁忙期で出張が重なり、長い間家を空けていた彼のもとに、妻が自宅で亡くなっていたという報せが入ったそうだ。それも、発見された時には死後数日が経過しており、とても悲惨な状況だったという。

「先生には娘さんが一人いて、『なんでもっと早く見つけてあげられへんかったんや。そしたら助かってたかもしれへんのに』ってえらい責め立てられたみたいでな。一時は、仕事を辞めるか辞めへんかっていう話にもなったらしいんや。でも、藤原先生は学生からの信望も厚い先生やったし、結局は辞められへんかったみたいやで。その選択が、娘さんとの間に遺恨を残してるんやないかっていう話やったと思う」

話を終えた主計さんの表情には僅かな翳《かげ》りがあった。

遺恨、ということは今でも親子関係は芳《かんば》しいものではないということなのだろう。それが、藤原先生の中で蟠《わだかま》りとなっているのかもしれない。

壱弥さんは指を口元に添える。

「……なるほど、娘さんがいてるんか。その娘さんの居場所は？」

「いや、さすがにそこまでは僕も知らん」

「そうか」

壱弥さんが嘆息した直後、主計さんが何かを思い出したように声を上げた。

「そういえば、うちが呉服屋やって藤原先生と話した時、機会があれば着物を誂《あつら》えたいって言うてたことならあるわ。確か娘さんが茶道の家に嫁いだとかで」

ただ、その機会がなかったということは、今でも二人はすれ違ったままなのだろう。また、周辺の聞き込み調査の際に娘に関する情報が出てこなかったことからも、親子関係は疎遠になっているものだと推測できる。

「確か宇治《うじ》やったかな。わりと近くに住んでるって言うてはったし、京都の周辺なんは間違いないと思うんやけど」

朧気《おぼろげ》な記憶なのか、主計さんは首を捻《ひね》る。

仮に主計さんの記憶が確かであったとしても、名前も顔も分からない娘さんを探し出すのは易《やさ》しいことではないだろう。それでも、今はこの僅かな手掛かりを手繰っていく他はない。

何を突き詰めれば、目的の場所に辿り着くことができるのだろうか。

宇治とお茶——宇治に住む茶道一家というだけではかなりの数になるだろう。それをひとつずつ虱潰《しらみ》しにあたるのは現実的ではない。

茶道の世界に詳しい人物でもいれば、尋ねることができるのだが。そう思った時、私はあることを閃いた。

「椿木屋《つばきや》さんに聞いてみるのはどうでしょうか？」

その瞬間、二人は同時に私を見やった。

椿木屋とは、友人である葵《あおい》の兄・桂《けい》さんの屋号である。彼は二年坂《にねんざか》にある祖父母の茶屋を継いで、今はその店の名をたった一人で背負っている。

主計さんは口元に指を添えて考える。

「確かにあそこも茶道一家やし、家柄で繋がってる可能性はあると思う。いっぺん、桂に聞いてみよか？」

そう、静かにかけられる言葉に私は首を横にふった。

「いつも主計さんに頼ってばっかりですし、私が直接聞いた方が事情も説明しやすいと思うんです。やから、この件は私が直接葵に聞いてみます」

「そっか。もし僕にできることあったら相談してな」

主計さんは涼やかな目を細めてひっそりと笑った。

もう話は終わったものだと思ったが、壱弥さんが組んでいた腕をほどき、再び口を開く。

「もうひとつ教えてほしいねんけど」

「え、まだなんかあるん？」

珍しく、主計さんが気うとさを顔に出した。

「おまえにばっかり頼るんも不本意やけど、聞き込みも調査やしな。それに、聞きたいのは和歌に関することやし、おまえの得意分野や」

その言い訳は正当化も甚だしいものではあったが、主計さんはそんな言葉には気も留めず、「和歌」という単語に目を輝かせる。

それは、玉響の名の由来となった和歌のことであった。

「玉響っていうと、万葉ことばのひとつやね」

玉響――それは、美しい宝玉がふれあってかすかな音を響かせるほんの束の間を喩《たと》えたものである。その言葉には複数の異訓があって、「たまとよむ」「たまかぎる」「たまさかに」などとも読まれるそうだ。

彼の分かりやすい説明を聞いて、私はある事実に気が付いた。

「万葉ことば、ってことは、『万葉集』に出てくるってことですよね」

「うん、そうやな」

主計さんは当然というように首肯する。

「確か、書斎に『万葉集』の本があった気がします」

私がそう言うと、壱弥さんは顔を上げた。そして、迷いなく立ち上がると部屋の片隅にある扉を開き、橙色の光が灯る書斎へと姿を消す。

それから数分後、彼は一冊の古い本を手にリビングへと舞い戻った。

「あったで、『万葉集』」

そう、壱弥さんは書斎から抜き取った本を私に差し出した。主計さんは興味深く私の手元を眺めている。

「へぇ、結構古い厳選集やな」

それは、祖父が愛した本のひとつでもあった。

表紙は梅花を連想させる薄紅色で、ざらつく特有の質感と焼けたセピア色の紙が、長い経年を物語っている。

ゆっくりと本を開くと、中には美しい万葉の世界が広がっていた。

ずっと昔、私がまだ小さな子供だった頃、この美しい本を誰かに読み聞かせてもらったことがある。あまりにも幼すぎたゆえに、読んでくれたのが祖父だったのか、父だったのかは定かではない。

ただ、とても優しく耳に残る男声で、ねだる私を宥《なだ》めるように聞かせてくれたことはおぼえている。その記憶は少女時代に彩《いろどり》を与え、事務所を訪れるたびに何度も読み耽り、私が古典文学に興味を抱くきっかけにもなった。

ゆえに、この本は大切な事務所とともに在る思い出の一冊なのだ。

私はページを捲る手を止めた。


玉響《たまゆら》に昨日の夕《ゆふへ》見しものを今日の朝《あした》に恋《こ》ふべきものか

それは、巻十一・二三九一——甘やかな恋情を詠んだ和歌である。

その歌を声に出してなぞってみると、主計さんは柔らかくほほえんだ。

「後朝の歌やな」

後朝とは、男女がともに夜を過ごしたあとの朝、あるいはその朝の別れのことを言う。つまり、その朝の別れを嘆き、恋しいと詠うものだ。

確かに、藤原先生の専門でもある『万葉集』に収められた「玉響」の歌ではあるが、その意味を考えると、それは愛猫の名に込めた想いとは言い難い。その名の由来が、亡くなった妻を偲んだものだとすれば、他にはどんな和歌が思い浮かぶのだろう。

再度壱弥さんが問うと、主計さんは少しだけ目を伏せて指を顎に添える。

それからほんの少しの間をおいて、彼は視線を上げた。

「『万葉集』ではないけど、こんなんはどうやろ？」

そう、涼やかな瞳を細めひとつの和歌を諳《そら》んじる。


玉響《たまゆら》の露も涙もとどまらず亡《な》き人恋ふる宿の秋風

玉のような草木に置く露も、私の涙も、ほんの少しの間さえもとどまらずに零れ落ちる。亡き人を恋い慕って過ごしたこの家に吹く秋風のせいで。

それは、藤原定家《ふじわらのていか》の哀傷歌である。亡くなった母を思い出して詠んだと言われるその歌は、秋風のなかで涙を零す情景を鮮やかに想像させる。

しかし、その和歌をもって藤原先生が「玉響」の名に込めた想いは、亡き妻への「恋慕」にとどまるのだろうか。それとも、もっと別の想いが込められているのか。

壱弥さんに視線を向けると、彼は推理をする時に見せる真剣な表情で、静かに目を閉じていた。たったこれだけの情報で何を導き出そうとしているのだろう。やはり彼の思考回路は私には理解ができない。

そう思った直後、彼は何かを得た様子ではっと顔を上げた。そして滑らかに手帳を開き、左手で愛用の瑠璃《るり》色の万年筆を走らせていく。

「おおきに、助かった」

「いいえ、役に立ったんやったらよかった」

その言葉とともに、主計さんはもう一度ほほえんだ。


よく冷えたアイスコーヒーを嗜《たしな》みながら涼をとり、じっとりと肌を濡らした汗も乾ききった頃、主計さんはかたわらに置いたままの紙袋を手に取った。忘れかけてはいたが、彼の本来の目的はこの和菓子のお裾分けであった。

紙袋からは色々な種類の和菓子が顔を出す。白い大福や、ふんわりと丸いどら焼き、夏を象《かたど》った可愛らしい羊羹、艶やかな水まんじゅう。どれも上等な包装が施され、目移りしてしまうほどである。

主計さんはその手を止めず、欠伸を零す壱弥さんへと声をかける。

「そういや、兄さんも古典文学の勉強したらどう？　そしたら僕に頼らんで済むのに」

その言葉に、私は電話をかける際の不服そうな彼の表情を思い出した。

「……それは遠慮しとく」

「なんで？　英文学は好きやのに」

「英文学には縁があっただけで、好きなわけじゃないねんけど」

壱弥さんは万年筆を握る手を止め、眉を寄せる。

「じゃあ、洋書ばっかり読んではるんはなんでですか？」

私が問うと、彼は琥珀色の瞳を滑らせ私を見やった。

「使わへんもんは簡単に忘れてくからな。そう思うと、読書は手ごろやろ」

確かに、バイリンガルがどちらかの言語を使わないことで忘れてしまう話は聞いたことがある。忘れてしまった感覚を取り戻すには、もう一度勉強をし直さなければならないそうだ。

それは言葉だけではない。得た知識や身体の感覚だってそうだろう。

壱弥さんは左手の万年筆を握り直し、ようやく書き終えたのか、ぱたりと黒革の手帳を閉じた。

机上に並べられた菓子の中から、主計さんは可愛らしいリボンのかかった巾着袋を摘まみ上げる。

「これは可愛《かい》らしいなあ」

それは、煌めく星のかけらのような金平糖であった。透ける和紙の袋からは、カラフルな星の粒が覗き、糖蜜で包まれた表面が艶々と光っている。

その中でもひときわ目を引いたのは、真っ赤に染まった不思議な金平糖であった。

袋の口には見覚えのある緑と黒のよろけ縞が描かれたタグがつけられている。

「スイカ味やって」

「へぇ、面白いですね」

「またイロモノな」

壱弥さんは怪訝な顔で、主計さんの手の中の小袋を眺めている。

「でもそういうちょっと変わったものって、なんでか惹かれてしまいますよね」

「そうかな？　ナラちゃんって、限定ものに弱いタイプ？」

「えっ」

その、本質を見抜くような言葉にどきりとした。

「でも限定に弱い心理って、儚いものが美しいっていう日本の心みたいなもんやと思うし、嫌な感覚はしいひんけどな」

日本には華やかな四季があって、自然の中には短命で儚いものが溢れている。

春に咲く桜や、初夏の蛍や真夏の蜻蛉《とんぼ》、秋を彩る紅葉に冬の雪華。それは泡沫《うたかた》のごとく、触れるだけでも消えてしまうような脆さがあり、たまゆらにその命を燃やすゆえ、美しいと思うのだろう。

スプリング・エフェメラル――春の儚いもの――春に芽吹く短い生命。

転じて、「春の妖精」とも謳われるそれは、儚いものに心を寄せる日本人の美的感覚を、明確に言い表しているのではないだろうか。

「移ろう季節と同じように、何かを想う人の心も、無常やからこそ美しいんやろな」

主計さんは手にしていた金平糖を私に差し出しながら、そう言った。

握らされた小さな袋の中では、鮮やかな星が瞬くようにころころと揺れている。

「おまえ、ようそんなこと恥ずかし気もなく言えるな……」

「はは、謎解きしてる時の兄さんも大概やと思うで」

「それはないやろ。考えただけでも寒気するわ」

静かに笑いかける主計さんに、壱弥さんはくしゃくしゃと黒髪を掻きながら不満げに口を尖らせる。

それでも主計さんの言う通り、依頼者の心を溶かしてくれる壱弥さんの言葉には魔法のような力があり、とても綺麗だと思う。

ふと主計さんが声を上げた。

「壱弥兄さんが古典苦手な理由、なんとなく分かった気するわ」

「……多分、想像通りやと思う」

「ほな、これからも僕に頼りながら謎解きすればええよ。今まで通り、僕の仕事の手伝いもしてもらうけどね」

そう、主計さんは人差し指を口元に当ててくすりと笑う。

彼の言う「仕事の手伝い」がどんなものなのかは知らないが、壱弥さんの顔がみるみると青ざめていくのが分かった。

　表に出ると、そこには深い夜闇が広がっていた。いつの間にか厚い雲がかかった空には、平安神宮の大鳥居を彩る光がぼんやりと浮かんでいる。

「今夜は雨やな」

　主計さんは随分と軽くなった袋を右手に抱え、私の隣で曇る空を見上げながら告げる。その軽くなった分のほとんどを、彼の言葉に押し負けて頂くことになってしまった。

　私は、門のそばに停めていた赤い自転車の籠に鞄を載せる。

「暗いし、二人とも気つけて帰りや。まぁ、心配する必要はないかもしれへんけど」

「うん。僕は不審者と遭遇してもぜんぜん大丈夫やで」

　そう、主計さんは冗談めいた口調で笑う。

　不審者と遭遇はまずいのではないか、と心の中で思ったが、意外にも背の高い彼を見ると、案外男性らしく力も強いのかもしれないとも思う。

「でもナラちゃんは女の子やし、一人で帰るんは危ないんとちゃう？」

　私の顔を覗く主計さんの心配そうな声に、壱弥さんは私を見下ろしながら首を捻った。

「……確かに誘拐されたらあかんしな」

「誘拐って、子供やあるまいし」

思わずつっこみを入れると、主計さんが吹き出すようにして顔をそらす。

「二人って、仲ええよな」

「よくないわ」「よくないです」

見事に声が重なり、説得力を失った。

壱弥さんが私を睨む。

その様子を見ていた主計さんは、もう一度くすくすと肩を揺らした。そして、ひとしきり笑ったあと、息をついてから抱えていた羽織にしっかりと袖を通す。

「ほな、僕は降ってくる前に帰るわ」

そう言ってひらりと袖を翻す主計さんは、涼やかな視線を壱弥さんへと流した。

「ちゃんとナラちゃんを家まで送り届けてあげてな。……そのポケットのやつで」

彼の視線を辿ってみると、壱弥さんは気まずそうな顔で首を掻く。緩いスラックスのポケットからは、彼の愛車の鍵についたキーホルダーが少しだけ顔を覗かせていた。

○

夜通し降り続いた雨も綺麗に上がり、天には層を重ねた入道雲が美しい爽やかな夏空が広がっていた。

昨夜、私は帰宅してからすぐに葵に連絡を入れ、藤原先生の娘さんを探してもらうこととなった。そして、本日の午前九時過ぎ。想像よりも早く葵からの返答があった。

どうやら葵は桂さんや茶道教室の知人の協力を得て、条件に当てはまる人物を探したそうで、結果「大江茜《おおえあかね》」さんという女性が浮上したという。

旧姓を藤原といい、有名な私立大学の教授の娘で、実家は鹿ヶ谷。そのぴったりとはまった情報だけで、その女性が藤原先生の娘であると確信できる。

私は、緊張を隠しながら葵から得た娘さんの連絡先へと電話を入れた。そこで、本日の午後三時前後であれば時間を取ることができるという返答をいただいた。

すぐに、その結果をもって壱弥さんへメッセージを送信すると、彼も都合がつけられるようで、指定された時刻通りに大江家を訪ねることとなった。

私は取り付けた約束よりも少し早く事務所を訪問した。事務所の扉を開こうとした時、鍵がかかっていることに気が付いた。

もう十一時だというのに、彼はまだ眠っているのだろうか。そう思いながら入り口のインターホンを鳴らしてはみるが、どれだけ待っても返事はない。

私は鞄からスマートフォンを取り出し、彼に電話をかける。一回、二回……そして五回目のコールでようやく繋がった。

「はい……」

ぼんやりとした彼の低い声を聞くと、やはり直前まで眠っていたことが分かる。

「壱弥さん、事務所に来たんですけど」

「あぁ、ごめん……」

まだ意識は半分夢の中といったところだろう。その時、囁くように紡がれる声の後ろでさらさらと流れる水の音が聞こえたような気がした。

「壱弥さん、もしかして外？」

「ん……」

通話中になったままの電話の向こう側からは、微かな寝息が聞こえてくる。会話の途中で寝てしまうところをみると、まだ随分と眠気が残っているのだろう。

私は心当たりのある場所に向かって足早に歩き始めた。

神宮道から続く事務所前の道を西側に進んでいくと、白川のせせらぎへと突き当たる。そこを左に折れ、白川一本橋と呼ばれる華奢《きゃしゃ》な石橋を過ぎたところに、小さな親水テラスがあった。川沿いに連立する萌黄《もえぎ》色の柳が、爽やかな風に靡《なび》いている。

真夏のオアシスとも言える景色を見渡すと、壱弥さんはテラスの上の小さなベンチに横たわっていた。スマートフォンは手の中にしっかりと握られている。

今日は月曜日でもなければ、退屈を持て余しているわけでもないはずだ。それなのにどうして彼はこんな場所で眠っているのだろう。

微睡む彼の顔を覗き込むと、その顔色は少し蒼白いようにも見える。

「壱弥さん、起きてください。熱中症になりますよ」

身体を強めに揺すると、彼は唸り声を上げながらゆっくりと瞼を持ち上げた。その直後、勢いよく上体を起こす。直後、目が眩《くら》んだのか、壱弥さんは左手で目元を覆った。

蒸し暑い外で眠ってしまっていたせいなのだろう。ティーシャツは少し汗ばんでいる。

「大丈夫ですか？」

「いや、何もないけど、昨日の夜は雨音がうるさて寝られへんかって」

つまりは寝不足気味ということだ。

でも、彼が言うほど強い雨だっただろうかと、私は昨夜のことを思い返した。

夜の八時頃より雨が降り出したのは覚えているが、それもほとんど通り雨のようなもので、雨音が響いたのは降り始めた直後だけだったように思う。確かに、しとしとと糠雨《ぬかあめ》が明け方まで続いていたようではあるが。

いまだにぼんやりとしている彼を見て、私は昨日の出来事を思い出した。写真を手に、表情を強張らせた彼の姿とともに。

午後一時には春瀬家を訪問することになっている。元より、昼間を一人で過ごす貴依ちゃんを預かることになっていたそうで、彼女も同行することになったのだ。

事務所に戻り、約束までの時間を寝て過ごした壱弥さんは、気が付くといつもの調子を取り戻していた。

予定時刻に間に合うように私たちは事務所を発った。

人と会うためか、壱弥さんは皺のない清涼感のあるリネンのシャツに、シンプルな黒いパンツを穿《は》いている。仕事の時のようにきっちりとネクタイは締められていないが、どこかスーツを召している時のような清潔感があった。

出迎えた少女と手を繋ぎながら、私たちはゆったりと散歩を楽しむように寺院の隙間を歩いていく。高く昇りきった太陽に照らされて、揺れる青もみじはいっそう鮮やかに見えた。

貴依ちゃんは白色の半袖ブラウスに水色のショートパンツといった可愛らしい姿で、肩からは小さな向日葵のブローチを飾ったポシェットを下げている。中には玉響を描いたあの絵日記帳と色鉛筆が収められているようであった。

インクラインの近くの階段を下ると、蹴上《けあげ》駅で市営地下鉄に乗った。

目的地までは片道約四十分。最寄りである三室戸《みむろど》駅までは、途中の六地蔵《ろくじぞう》駅で地下鉄から京阪《けいはん》線へ乗り換えをしなければならない。

長閑な景色の中を抜けていく濃い抹茶色の車両に揺られながら、私たちは他愛《たあい》のない話を繰り返す。

「なぁなぁ、いっくん。抹茶あんみつ食べたい」

「あんみつか、夏っぽくてええな」

それを同意と受け取った貴依ちゃんは、嬉しそうに私の顔を見上げると、にんまりとした笑みを零した。

「お姉ちゃん、いっくんが抹茶あんみつごちそうしてくれるってさ！」

「え、ほんまですか？」

彼女に合わせて返事をすると、壱弥さんは半目で眉間に皺を寄せる。

「いっくんはお姉ちゃんにいっぱいお世話してもらってるんやし、ええやろ」

その突拍子もない言葉に、壱弥さんは勢いよく吹きだした。

「誰がそんなこと言うたんや」

「パパ！」

けほけほとむせる壱弥さんに、貴依ちゃんは満面の笑みで胸を張る。

「やっぱりあのクソ兄貴か」

彼は「こんな子供になんてことを」と零していたが、こんな小さな子供に言及されるような生活こそ改めるべきである。しかし、それが出来るのであればもうとっくに改善されているはずであって、つまるところは不可能だということだ。

壱弥さんは腕を組んだ険しい顔で、隣に座る貴依ちゃんに視線を向ける。

「よし、抹茶あんみつで手は打とう。その代わり、俺のことは学校で友達とか先生に言うたらあかんで。あと、日記にも書いたらあかん。ええな？」

「はーい！」

あまりにもひどい取引である。

京阪宇治駅に到着した私たちは、小さな駅舎を抜けて府道に向かう。そこから宇治橋を背に歩くこと約五分。大きく「茶」と書かれた看板が現れた。

店は上品な黄土色の外装に瓦屋根で、店先にある緋毛氈《ひもうせん》と野点傘が、暑すぎる日差しの中で煌々と輝いていた。平日であるためか、意外にも待ち時間はほとんどなく、簡単に席へと着くことが出来た。

注文した抹茶あんみつが届けられると、貴依ちゃんは目をきらりと輝かせた。

陶器の器には、宇治抹茶ゼリーと白玉、寒天がちりばめられ、その上に柔らかい大粒の餡と抹茶アイス、少量のフルーツが添えられている。全体に絡められた抹茶の蜜が艶々と光り、見ているだけで幸せになれる宝箱のようであった。

スプーンで蜜を絡めながら掬い取ると、口へ運ぶ。もちもちの白玉に頬が蕩《とろ》け、思わず表情が緩んだことを自覚した直後、温かい茶を啜《すす》った壱弥さんがおもむろに口を開いた。

「そういえば、大江さんところは三室戸《みむろと》駅から結構歩くんか？」

「葵からは三室戸寺《じ》に向かう途中にあるって聞いてますし、宇治駅に戻るよりも、ここから歩いて行った方が早いと思います」

紫陽花が有名な三室戸寺までは、駅から徒歩二十分ほどで、ここからであれば十五分ほどで到着するはずだ。そう伝えると、壱弥さんは無表情のままふうんと相槌をうった。


あんみつを食べ終えた私たちは、茹だる暑さのなか、次の目的地である三室戸へと向かった。

葵から教えてもらった住所の場所を地図アプリで調べ、古い家が立ち並ぶ坂道をゆっくりと登っていく。複雑に入り組む路地を数回折れたところで、ようやく地図が示す場所へと辿り着いた。

見上げる先の邸宅はまだ新しさを感じさせる外観で、閉ざされた門のかたわらにある洒落た表札には「大江」と記されている。

ここだ、と壱弥さんに目配せをした直後、彼はゆるりと手をふった。

「ほな、俺と貴依はその辺で時間潰してるわ」

「えっ、一緒に来てくれへんのですか」

「さすがに子供は連れてかれへんやろ。ってことや、俺と貴依はこの周辺に玉響がおらへんか捜してくるから、終わったら電話して」

確かに彼の言う通りなのかもしれない。繊細な家族問題に踏み込む調査となる可能性だって十分にあり得るのだ。どんな話になるのか分からない以上、貴依ちゃんを連れていくのは少々気が引ける。

「お姉ちゃん、たまちゃんのことは貴依に任せて！」

彼女も張り切っているようで、その瞳は先ほどよりもきらきらと輝いていた。

ゆっくりと坂道に消えていく二人の背中を見送ったあと、覚悟を決めてインターホンを鳴らす。すると、すぐに電話で話した女性が応じ、指示通りに門を潜った。

扉の向こうから姿を見せたのは、淡い藤色の夏着物を召した壮年の女性だった。合わせられた蜻蛉柄の白い絽織《ろおり》の帯がとても涼やかで、落ち着いた大人の上品さを感じさせる。

「高槻《たかつき》さんですね」

私が頭を下げると、茜さんは表情を変えないまま会釈をし、私を自宅へと招き入れた。

通された和室は明るい抹茶色の壁紙が印象的な空間で、奥の床の間には蒸せる夏を彩る涼しげな白桔梗《しろききょう》が活けられている。しゃんと背筋を伸ばしたその立ち姿が、凛々しい彼女によく似ていると思った直後、当てるようにと声をかけられる。

その言葉に甘えて布座布団に腰を下ろすと、真新しい畳のにおいが薫った。

「今日はお時間を割いていただき――」

「堅苦しい挨拶は結構です」

まずは挨拶を、と紡いだ言葉はあっさりと遮られた。

少々気が早い性格なのかもしれない。そう思った通り、すぐに彼女は本題へと移り、私に用件を確認する。

「確か椿木屋さんのお知り合いで、私に聞きたいことがあるって言うてはりましたね」

「はい、藤原義久先生のことをお尋ねしたくて」

その瞬間、彼女の表情から優しい色が消えた。

茜さんはゆっくりと視線を私に向ける。

「父のことなら、私からお話しできることは何もありません。父とは、母が亡くなってからずっと疎遠やったんで」

静かに、感情を隠すような抑揚のない声で告げる。

「何なら、直接父に聞いてくれた方がええんちゃいますか」

「……ということは、先生はご健在なんですか？」

驚いて思わず口にした質問に、茜さんは怪訝な顔を見せた。その言葉選びが不適切であると気付き、私は慌てて取り繕う。

「すいません、先生が行方不明やって話を先生のご友人から伺ってましたので……」

「はぁ、父は施設にいてますすけど」

「施設、ですか？」

「半年ほど前に足を悪くして、元の家では生活できひんようになってしもたんで、今は有料老人ホームに入ってるんです」

　ようやく、彼が置かれている状況が見えた気がした。しかし、同時に新たな疑問が浮かび上がる。

　藤原先生の所在は、親しかったはずの立花さんや、その他の友人でさえも知らなかったのだ。施設へ入所しているということは、緊急の入院とは異なって、それなりの段取りを取ったうえでの決断だろう。

　それなのになぜ、彼は親しかった友人にさえも理由を告げないまま、あの家を去ってしまったのだろうか。

　なぜ、玉響を残したまま、思い出の土地を離れてしまったのだろうか。

　まだ寒さも厳しい降雪の時分、突然帰る場所を失った玉響は、どれほど寂しい思いをしたのだろうか。考えるだけでも胸が痛くなる。

　足が不自由であるゆえに、友人たちに直接会って事情を伝えることは難しかったのかもしれない。しかし、父に代わり、娘である茜さんが周囲に報せることはできたのではないか。

　そう告げると、彼女は鋭い視線を私に向けた。

「なんで私が父のためにそこまでしやなあかんのですか」

　そう、彼女はひどく冷めた声音で言った。

その時、紡がれた冷然たる言葉に私ははっと思い出した。

——遺恨。

主計さんが告げたそれは、私の想像よりもずっと深い傷跡を表していたのだろう。

「もう、いいですか」

彼女は疎ましいというように、ぴしゃりと遮断する。向けられた嫌悪感に怯みそうになるも、私は心を落ち着かせながらゆっくりと言葉を続けていく。

「すいません、あともうひとつだけ。先生が飼ってはった猫のことはご存じですか？」

「……猫」

そう、彼女が疑問の色を浮かべた直後、嫌な空気を断ち切るように、訪問者を知らせるインターホンが鳴った。

茜さんは着物の裾を払い、静かに立ち上がる。断りを入れてから席を外す彼女を目で追っていくと、窓の外に映った人物に私は驚いた。

「壱弥さん……？」

どうしてこんなにも早く彼がここへ戻ってきたのだろうか。

私は茜さんの後を追うようにして立ち上がり、玄関へと駆けていく。直後、壱弥さんの低い声が耳に届いた。

「探偵の春瀬と申します。うちの助手の高槻は、まだこちらにお邪魔してますか」

軽やかに頭を下げる壱弥さんに、彼女は呆気にとられたようにその表情を強張らせる。

彼の隣には、茜さんを睨みつける貴依ちゃんがいた。

私の姿に気が付いた貴依ちゃんは、あっと声を上げる。

「お姉ちゃん！　やっぱりこの人がたまちゃんを誘拐したんやで！」

「え？」

怒りを露わにする貴依ちゃんの言葉の意味がよく分からない。二人にいったい何があったのだろうかと狼狽《うろた》えていると、少女の後ろから黒猫がゆらりと姿を見せた。そこでようやく私は状況を理解した。

「……玉響！」

私がその名を呼ぶと、玉響はすらっと顔を上げた。その首元には、写真と同じ茜色の首輪が光っている。

今にも噛みつきそうな少女の頭を、壱弥さんは宥めるように撫でる。その意図を察したのか、彼女はやり場のない不満いっぱいに頬を膨らませながら軽く地団太を踏んだ。

壱弥さんは玉響をふわりと抱き上げる。

「この黒猫は、藤原先生――あなたのお父様が大事にされていた愛猫で間違いありませんか？」

「それは……」

問いかける壱弥さんに、茜さんは言い淀んだ。

壱弥さんは腕の中の玉響を優しく撫でる。そして茜色の首輪に触れ、そのまま指を横に滑らせると、艶やかな毛に隠れていた銀色のプレートが顔を出した。

「ここに、先生が奥様を偲んで付けた『玉響』という名前が刻印されています」

それが、この黒猫が間違いなく玉響であることを示している。

「五日前まで、玉響は鹿ヶ谷にいるところを目撃されているんです。そこから見ず知らずのこの土地に、玉響が一人で移動することはまず不可能です。そうなると、玉響の存在を知っている先生本人か、その身内の誰かが連れてきたと考えるのがごく自然ですよね」

ただ、先にも茜さんが述べたように藤原先生は足を悪くして施設に入っている。その事実を壱弥さんへと伝えると、彼は「なるほど」と相槌を打った。

「ということは、やはり娘であるあなたが玉響を連れ去ったと考えるのが妥当でしょう。詳しくお聞かせ願えますか？」

壱弥さんの言葉に茜さんは目を伏せると、小さく溜息を零す。そして、静かに顔を上げ、自宅へ上がるようにと促した。

座敷に着いた壱弥さんは名刺を差し出し、もう一度自身の身分を明かした。

今度こそしっかりと話を聞く姿勢になったのか、茜さんは座敷の戸を閉め、静かに膝を折った。

「僕たちがここに来たのは、玉響の行方を捜すためです」

壱弥さんは、突然いなくなってしまった玉響を捜している人がいることを告げる。受け取った名刺を見つめながら、茜さんは苦い表情を見せた。

「やっぱり、あの猫を保護してくれてはった人がいてたんですね」

「はい、近くに住むお父様のご友人です」

「そうですか……」

床の間の前で丸くなる玉響を横目に、彼女は過去の出来事を想起するようにゆっくりと話し始めた。

「先週の金曜日のことです――」

彼女の言葉は以下に続く。

母の命日を迎えた雨の降る朝、濡れた庭で揺れる青もみじを前に、茜さんは母との思い出を巡らせていた。

じっとりと纏わりつくような不快な暑さは、訃報を受け取った十六年前のあの日と同じで、その時も何気なく庭の景色に日を奪われていたことをおぼえている。

鮮やかな緑の葉から滴る雫を見ているると、当時の記憶が彼女の脳裏を過《よぎ》った。

あの日以降、親子関係は破綻した。

元より、彼女は仕事を優先する父のことを快くは思っておらず、不安定で歪ながらも成り立っていた関係だった。ゆえに、母の死はそれを崩壊させるには十分すぎるものだった。

それでも、四十九日の法要までは完全に縁を切ることはできず、必要最低限で交わされる会話の中で彼女はあることを耳にする。

父が寂しさを埋めるように猫を飼い始めたということを。

そして、その猫に母を偲んで「玉響」という名をつけたと知った時、彼女は湧き上がる感情を抑えきれなかった。

「猫を飼い始めたのも、あんな名前を付けたのも、私に対する当てつけやったんやと思います。それで、思わず言うてしもたんです。……罪滅ぼしになるとでも思ってるんか。そんなことで、母を死なせた罪は消えるわけがない。一生後悔するべきや、って。ひどい娘でしょう」

茜さんは微かに苦笑を零す。

当時は、その出来事が棘《とげ》のように心に引っかかっていたそうだ。しかし、疎遠になってから過ぎた長い歳月が、その猫の存在を綺麗に忘れさせていた。

それがどうしてか今になって鮮明に蘇り、彼女の心を波立てる。

――あれから猫はどうなったのだろうか。あの猫はまだ生きているのだろうか。

そんな疑問が頭に浮かぶと、彼女はいくつかの不可解な点に気が付いた。

「父はあの家を離れる時でさえ、飼っていた猫のことは私に一切話しませんでした。もしかしたらもう亡くなってるんかとも思いましたけど、父の私物の中には写真すらもないんです。それが妙に気になってしもて……」

ゆえに、墓参りを済ませたあと、茜さんは鹿ヶ谷にある屋敷を一人で訪れたそうだ。そこで目にしたのが、帰ってくるはずのない主を待ち続ける玉響の姿だった。

その瞬間、彼女はようやく黒猫が本当に愛されて育てられたのだと理解する。同時に、彼女は思い出した。

父に会えないまま一人で亡くなった母の面影を。

母はいつも多忙な父を責めることなく、穏やかに見守っていた。帰宅が遅い日が続いても、誕生日を忘れられても、約束を違《たが》えられても、母は優しい声で「仕方ないでしょう」と笑う。

子供の時分では、その心が理解できなかった。でも、今ならば分かる。

母は父のことを心から好いていたのだ。それと同じように、きっとこの黒猫も父のことが好きなのだろう。

ならばなぜ、父は愛猫を手放してしまったのか。

彼女に残された時間はほとんどないはずなのに。

自分がひどい言葉で罵ってしまったせいで、後ろめたさを抱えているのかもしれない。

そうやって思考を巡らせているうちに、気が付くと茜さんは玉響を連れ出してしまっていたそうだ。

しかし、冷静になった彼女は父に会いに行くことを躊躇《ためら》った。

きっと、父はもう自分のことを娘だとは思っていないだろう。自分から距離を置いたのに、今更どのような顔で父に会えば良いのか。どんな言葉をかければ良いのか。

それに、父は強い覚悟を持って玉響との別れを決めたのかもしれない。その覚悟を破ってまで玉響を連れていく必要があるのだろうか。

考えれば考えるほど分からなくなって、ずるずると時間だけが過ぎてしまったそうだ。

それが、玉響が居なくなったことの真相だった。

「今思えば、本当に馬鹿なことをしました。……いまだに父のところへは足を運べてませんし、結局、私は何がしたかったんでしょうね」

そう、茜さんは自己を卑下するように言葉を落とす。

「言い訳にしかならへんのは分かってます。それでも、明日の夕方には猫を連れて謝罪に伺います。そう、新しい飼い主の方にお伝えしていただけますか」

どこか暗く沈むような声音で彼女は告げる。

その表情には、後悔の色が滲んでいるようにも見えた。

大江家を後にした私たちは、緩やかな坂道を下っていた。

相変わらず太陽は頭上から私たちを照らし続けている。

取り巻く暑さから逃れようと、私は手のひらで首元を扇ぐ。しかし、そんなささやかな抵抗ではこの日差しに打ち勝つことはできない。

隣を歩く壱弥さんへと視線を流すと、彼は珍しく難しい顔をしていた。相変わらず整った横顔には、汗が滲む気配は一切感じられない。長袖のシャツを纏っているはずなのに、と思った直後、貴依ちゃんもまた涼しい顔をしていることに気が付いた。

そういえば、貴壱さんも暑さには強い人だったように思う。

ふと、貴依ちゃんが顔を上げた。

「いっくんもお姉ちゃんも、もう家帰る？」

私たちを覗き込む彼女の瞳は、悲しげな心を映すかのごとく、水面《みなも》のようにゆらゆらと揺れている。

「まぁ、そうやな。玉響も見つかったことやし」

壱弥さんがそう呟くと、貴依ちゃんは視線を足元に落とす。

彼の言う通り、捜していた玉響が見つかり、行方不明だと思われていた藤原先生の所在が判明したことで、抱えていた問題は全て解決に至ったと言える。あとはこの結果を立花さんへと伝え、玉響の帰りを待つだけであった。

とはいえ、玉響を誘拐したという事実が消えることはない。それは窃盗罪にあたり、飼い主の意向次第では刑法で裁かれることだって十分にあり得る。

ただ、今回のケースでは飼い主が誰であるのかが曖昧な状況にあるため、事件となる可能性は低いものと推測できた。

小さく頬を膨らませながら歩く貴依ちゃんの頭を、壱弥さんは柔らかく撫でる。そして唐突に、右手の腕時計を見やった。

時刻は午後三時半を過ぎたところである。

「ちょっと用事思い出したし、今から藤原先生に会いに行くで」

「え、今から？」

あまりにも唐突な言葉に驚いて壱弥さんの顔を見ると、その隣で少女が嬉しそうにはねた。

藤原先生のいる有料老人ホームは、ごくふつうの住宅地の中に佇んでいた。

まだ真新しい綺麗な建物で、古い自宅よりも不便さを感じない生活環境であることは容易に想像できる。

耳を澄ませると、近くの保育園から子供たちの笑声が聞こえてくる。それが、静かすぎるよりも丁度良い賑やかさなのかもしれない。

タクシーでここに向かう直前、壱弥さんが聴取した施設へと電話を入れていたためか、入り口での面会の手続きは滞りなく済ませることができた。それから施設職員の案内を受けて、私たちは綺麗な廊下を真っ直ぐに進んでいく。辿り着いたのは、広いデイルームのような場所であった。

静かに窓の外を眺める男性の後ろ姿が見える。

外は中庭になっているのだろうか。限られた敷地の中に広がる花壇には、大きな向日葵が咲いている。

「藤原先生」

車椅子に座ったままの彼は、ゆっくりとふり返った。

「やぁ、いらっしゃい」

皺の刻まれた口元と下がった目尻の優しい雰囲気は、写真で見たそのままだった。

優しくほほえむ彼に、私たちはそれぞれに挨拶を交わす。

「春瀬といいます。急な面会を、すいません」

そう、よそよそしい挨拶をする壱弥さんに、先生は怪訝な顔を見せる。

「きみ、壱弥くんやろ？」

やはり彼もまた壱弥さんの幼少期を知っているのだろう。それを首肯する壱弥さんを見上げながら、眼鏡のレンズ越しに彼の顔をじっくりと覗き込む。

「やっぱり、見た目はお父さんとよう似たはるわ。彼も随分な色男やったからね。貴壱くんもお父さんと同じ医者やってるって言うてたし、二人とも立派にならはったんやな」

その言葉に壱弥さんはすっと目を伏せる。

それは、写真を手にしたあの時と同じ感情の見えない瞳だった。

「兄を知ってはるんですか？」

「えぇ、数年前に話したことがあってね」

その時に連れていた幼子が貴依ちゃんで、こんなにも大きくなったのかと、彼は嬉しそうに話す。

「でも、壱弥くんのことは何も言うてはらんかったし、てっきりまだ兵庫にいてるもんやと思てたわ」

数年前、とはいつになるのかは分からないが、貴依ちゃんが生まれているのであれば、そう遠くはない過去だ。だとしたら、壱弥さんも既に大学を卒業している年齢で、京都のどこかに住んでいたはずである。

ただ、貴壱さんは無意味なことはしない人だ。必要であれば壱弥さんのことをちゃんと話すだろうし、そうしなかったということは、何らかの理由があったのだろう。

私たちに座るようにと促したあと、藤原先生は続けていく。

「今はどのあたりに？」

「粟田口《あわたぐち》に住んでます。神宮道の青蓮院《しょうれんいん》門跡さんの近くです」

「なんや、うちからそんな遠ないやんか」

そう言って、藤原先生は「あっ」と声を上げた。

「もう、うちではないんでした」

誤魔化すような口調は、どこか悲しみを含んでいるようにも聞こえる。

「そういえば、今日はどんな用事で？」

「実は、藤原先生が飼ってはった黒猫のことでお伺いしたいことがありまして」

その言葉を耳にした先生は、大きく目を見張った。しかし、次の瞬間には柔らかい笑みを零す。

「……彼女は元気ですか」

「はい。写真があるんで、よかったら」

壱弥さんは囁くように答える。

隣で静かに座る貴依ちゃんに目配せをすると、彼女はポシェットを開き、中から可愛らしい向日葵のシールを貼った封筒を取り出した。それを藤原先生に差し出す。

「あんな、立花さんからたまちゃんの写真もらってん。やから先生に見てほしくて」

そう、子供らしい一生懸命な口調で、緊張を隠しながらゆっくりと話す。先生は「ありがとう」とほほえんで、その封筒を受け取った。

ゆっくりと封を切り、写真を目にした彼は穏やかな顔をみせる。

それは、朝焼け色に染まる空の下、南禅寺三門の前で尾を翻す玉響の姿だった。

「……えらい綺麗に写してもらって」

改めてその写真をみると、朝日の中で佇む玉響は、煌めく夜露のように零れ消えてしまいそうな儚さを湛《たた》えているようであった。

それから、貴依ちゃんは藤原先生に色んなことを話した。

いつどこで玉響と出会ったのか、彼女がどれだけ賢くて可愛いのか、どれだけ彼女の人懐っこさに癒されていたのか。

そして、どれだけ藤原先生の帰りを待っているのか。

彼女は一生懸命に息を継ぎながら、つたない言葉で、玉響との思い出を紡いでいく。

「たまちゃんな、ずっと先生に会うてへんし寂しがってると思うねん。やから、一回でええからたまちゃんに会いにきてほしくて……」

しかし、藤原先生は少し困った様子で首を横にふった。

「貴依ちゃんは友達想いの優しい子なんやな。いっぱい話きかせてくれてありがとう。でもな、もう彼女とは十分お別れしてきたから」

だからもう会うことはできない。

涙を浮かべる貴依ちゃんに、彼は「ごめんね」と告げた。その眉尻を下げたほほえみは、諦めの感情を隠しているようにも見える。

本当は会いたいに決まっている。心から愛した家族なのだ。

こんなにも近くにいるのに、その気になればいくらだって手段はあるのに。

それなのに、どうして彼は愛する玉響を置いて去ってしまったのだろう。

もう会えないと言うのだろう。

壱弥さんが、しょげる貴依ちゃんの頭を少し荒々しく撫でた。

「玉響——という名前は、亡くならはった奥様を偲ぶ思いを込めて、和歌から取ったと伺いました」

その言葉に、藤原先生は懐古するような遠い目を中庭に向けた。大きな窓の外には変わらず、愛らしい向日葵の花が揺れている。

「その和歌は、藤原定家の詠んだ哀傷歌……ですよね」

彼は驚いたように壱弥さんを見やった。

「きみは、和歌に明るいんか？」

「いえ」

壱弥さんはそれをすぐさま否定する。そして、主計さんの存在を告げた。

「あぁ、なるほど……大和路《やまとじ》くんか。彼のことはよく覚えてるよ。聡明で、不思議な雰囲気の子やったからな。彼には是非大学教員になってほしかったんやけど、実家の呉服屋を継ぐからって断られてしもたんやわ」

　そう、苦笑しながらも元気かと尋ねる彼に、壱弥さんは静かに頷いた。

「いつか着物を誂えさせてほしいって話してたんやけど……結局、彼が卒業してからは一度も会《お》うてへんな」

　それは主計さんも話していたことであった。

　思い出を想起するように、藤原先生は視線を頭上に向ける。

「でも、こんな情けない姿、教え子には見せられへんし、よかったんかもしれへんけど」

　そう、苦笑とともに零れる弱音に、壱弥さんはかすかに眉を寄せた。

「……実は、昔の話も少しだけ聞いたんです」

「昔の話？」

「えぇ、奥様が亡くならはった時のことです」

　壱弥さんの言葉に、先生がはっとしたのが分かった。

「奥様は、先生が仕事で家を空けている間に倒れ、そのまま亡くなったそうですね。猫を迎えたのはその直後やとも」

　そして、彼はその猫に「玉響」と名付けた。

　定家の詠んだ哀傷歌になぞらえて。

　その歌は、定家の母が亡くなった年の秋、生前に住んでいた屋敷を訪れて詠んだものであると言われている。屋敷を訪れた定家は、母との思い出を想起し、寂しくなった屋敷に吹く秋風を感じて涙を零した。

それと同じように、藤原先生もまたあの屋敷に寂しさを抱くようになったのだ。だから彼は猫を迎え、妻を偲ぶ思いをその名に込めたのだろう。

定家が、亡き母を慕う気持ちと、とどまらない涙をその歌に込めたように。

「愛猫の名は、奥様への弔いのようなものですよね。奥様が倒れた時にそばにいなかったことへの後悔と、最期に会えなかったことへの懺悔の意味もあるんかもしれません。やからあなたは、玉響と最期まであの屋敷で過ごすことを願ったんじゃないですか」

壱弥さんの言葉を聞いて、藤原先生の優しい瞳がかすかに曇った。心の内に隠した想いを暴かれてしまったかのように、悲痛な顔を見せる。

「……でも、どうしても無理やったんや」

「娘さんの存在が気がかりやったから、ですか。娘さんに辛い記憶を思い出させてしまうから、玉響のことは娘さんには話さなかったんですよね」

藤原先生は驚いたあと、静かに首肯する。

そして、「きみはなんでもお見通しなんやな」と、さみしげに零した。

一度、揺れる心を落ち着かせるように息をついた先生は、ゆっくりと口を開く。

「妻を一人で逝かせてしもたことは、娘の心に深い傷を残すことになりました。娘が私を責めたんも、私のことを恨んでるのも、当然の帰結やと思ってます。ほんまは顔も見たくない相手やってことも理解してます」

それなのに、足に怪我を負った時、唯一の身内である茜さんに連絡を取らざるを得なくなってしまったのだ。

「治療中も娘に直接会うことはほとんどありませんでしたけど、それでも身の回りのことは色々やってくれてました。それだけでも随分と世話になったんです。もうこれ以上、彼女の心の傷を抉《えぐ》るようなことはできません」

ゆえに、彼は玉響と別れることを選択したのだろう。

娘を傷つけた後ろめたさによって、彼は今でも本当の気持ちを伝えられないまま独りで悲しんでいるのだ。

「それに、私はもうほとんど歩けるような状態やない。段差の多い古い家での生活は難しいんです」

だから仕方ない、という彼の言葉は、自分の選択を正当化しているだけにすぎない。

でも、正当化しなければ悲しみを埋めることができないのだとも思う。

唐突に貴依ちゃんが立ち上がり、大きく首をふった。

「それでも、たまちゃんは先生に会いたがってる。そうやないと、毎日あんなところで先生の帰りを待つなんてしいひんもん……。ずっと一緒にいられへんのも、自分がもうすぐ死んでしまうんも、たまちゃんは分かってる。やから、もう一回先生に会いたい、会って先生に抱きしめられたいって思ってるはずや……！」

彼女の大きな目からは、今にも涙が零れ落ちそうだった。

纏まりのない彼女の気持ちを継いで、壱弥さんが口を開く。

「正直、猫の気持ちは僕には分かりません。でもこのまま、あの子に会わへんまま失ってしまったら……きっとあなたは後悔する」

自分のいない間に妻を失った、あの日と同じように。

「同じ苦しみを、同じ悲しみを、あなたに繰り返してほしくはないんです」

その言葉に、先生は目頭を押さえながら苦しげに俯く。

「……でも、娘が許してくれるはずがないんです」

玉響を迎えた時、茜さんは彼に嫌悪感を示す言葉を吐いた。それは、彼女が話していたことにも一致する。

しかし、それはまだ彼女の心の傷が癒える間もない頃の話で、一時の感情であることはすぐに分かるはずだ。その事実にさえも気付かないくらい、親子の時間は母を失った十六年前で止まっているということなのだろう。

唇を噛みしめる貴依ちゃんの背中を、壱弥さんは優しく撫でる。すると、彼女は脱力するようにもう一度椅子に座り直した。

「今日、僕たちがここに来たきっかけは、立花さんが預かっていたはずの玉響が姿を消してしまったことやったんです」

藤原先生は目を見張った。

「初めは、弱った姿を隠す本能行動によるものだと思っていました。でもそれは違いました。……玉響は今、茜さんのところにいるんです」

「えっ？」

「彼女は玉響を、あなたに会わせたいという一心で連れ出してしまったそうです」

そして、彼女は今も心に迷いを抱えている。

残された時間が僅かであると悟って。

「だからどうか、彼女に残された時間を大切にしてあげてください」

壱弥さんは苦しげな声音で、でも真っ直ぐに藤原先生を見据えながら、そう告げた。

藤原先生は机の上に置いたままの写真を取り、長い尾を翻す黒猫を覗き込む。

しだいに、皺の刻まれた目元から、ぽつりと雫が流れ落ちた。

○

日が傾き始める午後の住宅街を、私は真っ直ぐ目的地に向かって自転車を走らせていた。

記憶をなぞりながら細い路地を進んでいくと、ようやく見覚えのある景色が現れる。

きっちりと敷地を囲う土塀と、古い大きな門扉。その前には、いつも黒猫が座っていたという。しかし、そのしなやかな姿はもうそこにはない。

代わりに、すらりとした長身の男性が佇んでいることに気が付いた。

彼は深い藍色のジーンズに、爽やかな亜麻色のジャケットを羽織っている。柔らかい陽光のせいか、黒髪はうっすらと茶色く染まり、きらきらと光っているように見えた。

「壱弥さん、お待たせしました」

私の声に気付き、彼は遠くを見上げていた視線を下げる。

直後、琥珀色の瞳と視線がふわりと絡み合う。その目元がどこか潤みを帯びているように感じ、私は目を瞬《またた》いた。

しかし、その目はすぐに逸らされる。

「……いや、急やったからな。ほな行くで」

そう、素っ気なく告げる壱弥さんは、足早にその場を去っていく。先ほどまで彼が見ていた空を仰いでみると、鮮烈な色を灯す百日紅の花が視界の端に映った。

自転車を停めて彼の背中を追いかけるように門を潜ると、ゆっくりと庭の飛び石を渡っていく。やっとのことで追い着いた私は、もう一度壱弥さんの顔を見やる。

しかし、その瞳は変わらず美しい琥珀色を湛えているばかりであった。

「なんや?」

「いえ、藤原先生……戻ってこられてよかったなって思って」

そう、誤魔化すように笑うと、彼は「あぁ」と相槌を打った。

昨日、私たちが先生のもとを去ったあと、彼は娘である茜さんへと電話を入れたという。

そこで、二人は電話越しに静かに言葉を交わし合った。

玉響を立花さんのもとに返すことを知った先生は、最後にもう一度だけあの屋敷で玉響に会いたいという願いを伝えたそうだ。

目の前に広がる苔の生えた庭はとても鮮やかだった。その片隅で、瑞々しい青もみじがふわりと夕風にそよいでいる。

「ナラお姉ちゃん!」

弾ける高らかな声に、私は屋敷の中に目を向けた。

くすんだ木の床板と、奥に広がる焼けた畳。建具の硝子戸《ガラスど》は大きく開け放たれ、簾《すだれ》は巻き上げられている。その畳の広間から縁側にむかって、玉響を抱いた貴依ちゃんが走ってくるのが見えた。

「こら、貴依。家の中で走ったらあかん」

そう咎《とが》めたのは彼女の父親である貴壱さんだった。

貴壱さんは縁側《えんがわ》にきっちりと正座し、目の前の碁盤に真剣な表情を向けている。それと向かい合うように、縁に腰を下ろす藤原先生もまた難しい顔をしているのが見えた。

貴壱さんは滑らかな手つきで碁石を打つ。碁盤には既にたくさんの石が並んでおり、どうやらその対局は終盤にさしかかっているようだった。

次の一手を打ち終え、顔を上げた先生に私は会釈をする。

「昨日はおおきに、わざわざ来てくれはって」

「いえ、私は何も。でも、無事に玉響ちゃんに会えてよかったですね」

そう、首をふる私に先生は優しくほほえんだ。

石を打つ軽やかな音が小さく響く。それからしばらくの硬直状態が続いたあと、貴壱さんが静かに頭を下げた。

どうやら対局の結果は、藤原先生に軍配が挙がったようだ。

「お見事でした」

「付き合うてくれてありがとう、楽しかったわ」

「はい、俺も楽しかったです」

貴壱さんは広げていた碁石をきっちりと片付けると、もう一度先生に礼を告げ、庭へと降りる。優しい風に吹かれ、淡い水色のシャツに締められたネクタイがふわりと揺れた。

「貴壱さん、お久しぶりです」

「あぁ、ナラちゃん。宵山《よいやま》ぶりやな」

「はい、お仕事帰りですか？」

背の高い貴壱さんを見上げるようにして問いかける。

「娘が藤原さんに世話になったって壱弥から聞いてな。それで、ご挨拶だけでもさせてもらおうと思て」

その言葉を聞く限り、やはり彼はまめな性格なのだと思う。直接礼を告げるために、いつもよりも早く仕事を切り上げてきたということなのだろう。

「ナラちゃんも、貴依と遊んでくれてありがとう」

「貴依ちゃん、素直でいい子ですし、可愛いですね」

「そやろ」

珍しく貴壱さんが口元を緩め、私にほほえみかけた。

「相変わらず親バカやな」

そばで私たちの会話を聞いていたのか、壱弥さんが茶化すように告げる。その言葉を聞いて、貴壱さんはわざとらしい怪しげな笑みを壱弥さんへと向けた。

「最高の誉め言葉やわ」

「いや、誉めてへんけど」

「ん？　なんや、羨ましいんか？」

「なんでやねん」

その掛け合いを耳に、私は思わず吹きだした。その絶妙な会話を繰り広げる二人の様子を見ていると、やはり彼らは普段から仲が良い兄弟なのだと改めて実感させられる。

縁側では、貴依ちゃんが先生の隣で足を揺らしながら、楽しそうに話をしているのが見えた。その二人の間では、丸くなった玉響が静かに眠っている。

その呼吸が昨日よりも浅く弱々しいと思った時、唐突に玉響が顔を上げた。そして、首を伸ばしながらきょろきょろと部屋を見回している。

その先に目を向けると、部屋の奥から小柄な老婦が歩いてくるのが分かった。

「立花さん」

私の声に、先生が驚いた顔をする。

「立花さんも来てくれはったんですか」

「えぇ、さっきまで茜さんにたまちゃんの話を聞かせてもらってたんですね」

そう、彼女は後ろを振り返る。すると、その先から洋服姿の茜さんが姿を見せた。

彼女は申し訳なさそうに、でもどこか晴れやかな表情で私たちに向かって深々と頭を下げる。

直後、茜さんの姿に驚いた貴依ちゃんが、逃げるように縁側を飛び降りた。

茜さんが玉響を連れ去ったという事実から、彼女はまだ茜さんを警戒しているのだろう。

佇む貴壱さんの足元にぎゅっと抱きつくと、怯えるような表情で様子を窺っている。

ふと、何かを思い出したように、立花さんが先生のもとに歩み寄った。

「それより藤原先生。なんで何も言わんと行ってしもたんですか。私も、和歌会のみんなも、先生のことほんまに心配してたんですからね」

物申すような口調とは裏腹に、先生を案ずるその声音は優しい色を纏っている。その言葉を聞いて、藤原先生は怪訝な表情を浮かべた。

「もしかして、立花さんは私が施設にいたこと、知らんかったんですか？」

「えぇ、昨日初めて知りました。お元気そうやで良かったですけど、行方不明やって聞いてからずっと心配してたんですよ。やから、文句くらいは言わせてくださいね」

「……行方不明？　なんでそんな誤解が——」

直後、彼は何かに気が付いたように続く言葉を呑み込んだ。

「いや、それは私が自分の口でちゃんと伝えへんかったからですね」

自嘲するような苦笑を零しながら、先生は立花さんに謝罪する。その様子を見ていた茜さんが、ひどく傷ついたような表情を見せた。

「……私を叱らへんの？」

「私の足が悪くなってから、茜には頼ってしもてばっかや。きみを叱ることなんて何もないし、むしろ感謝せなあかんと思ってる」

「でも……！　施設に入ることは私が伝えとくって言うたのに、わざと黙ってたんやで。

それに……玉響のことでも、ひどいこと言うてしもたのに」

茜さんの声は微かに震えていた。

――罪滅ぼしになんてならない。そう告げた彼女の言葉がよみがえる。

悲しげに目を伏せる茜さんに向かって、先生は小さく首をふった。

「玉響のことは、全部茜の言う通りや。彼女を家に迎えたのは、ただ寂しかっただけじゃない。……死んだ妻と同じように愛せる存在がほしかった」

そう言いかけて、彼は一度口を噤《つぐ》んだ。

そして、自己嫌悪感を示すように、苦い表情で頭をふる。

「いや、違う。そんな綺麗な話なんかやない。妻への思いを込めた何かを愛し続けることで、ちゃんと妻を愛してたんやっていう証明がほしかったんや。……多分、免罪符みたいなもんやったんやろな」

ぽつりと紡がれた言葉は、ゆくあてもなく宙を舞った。

彼が許されたかった相手とは、彼を責め立てた茜さんなのだろうか。それとも、苦しみながら亡くなった妻なのだろうか。

あるいはその両者ともなのかもしれない。

「それでも、玉響のことは心から愛してた。彼女のことを忘れたことなんて一時もなかったし……ほんまは、彼女と最期までこの家で過ごしたかった」

家族がまだ温もりで溢れていた頃の、優しい思い出が残るこの場所で。

しかし、それも突然の怪我とその後遺症が原因で叶わなかった。

だからせめて、先の短い玉響だけでもこの静かな土地で眠らせてあげたい。そう願ったゆえに、先生は彼女を残してこの屋敷を去ってしまったのだ。

茜さんは強く拳を握る。

「それならなんで、ここを離れる時に玉響のことを話してくれへんかったん……？　私のことが信用できひんかったから？　もし、一言だけでも伝えてくれてたら、お父さんも玉響も寂しい思いせんで済んだはずやろ」

思いを吐露する茜さんの言葉に、先生は目を見張った。そして、心臓を射貫かれたような空虚を見る視線を、だらりと指先に落とす。

「……そう……やな。玉響のためなんて言うて正当化してるだけで、ほんまは怖かったんやと思う。茜を傷つけてしまうのも、茜に見捨てられてしまうのも。私は玉響よりも娘の顔色を窺って自分の身を守ることを選んだ。ほんまに最低やな……」

ごめん、と謝る先生に、茜さんは小さく首をふった。

「私こそ、ごめん……。責めるつもりやなかったのに」

「茜は何も悪くない。責められるようなことした私が全部悪いんや」

「やから私は、誰が悪いとかそんな話がしたいわけとちゃう……！　なんで分かってくれへんの……？」

潤んだ目で、茜さんは脱力するように座敷へと膝をついた。

どうして言葉を交わせば交わすほど、想いはすれ違い、離れてしまうのだろう。茜さんの悲痛な言葉が、静まり返る空気の中でいやに耳に残る。

先生が苦笑を零したその時、玉響が俯く先生を見上げながら微《かす》かな声で鳴いた。

ビー玉のような琥珀色の瞳が、広がる空の色を取り込んで、燃えるような鮮やかな光を灯している。まるで、悲しみに染まる二人を案ずるかの如く、炎を湛えた瞳は真っ直ぐに先生に向けられている。

「心配してくれてるんか……？」

先生は玉響をふわりと抱き上げた。

「ごめんな、随分と寂しい思いさせてしもて……」

そう、彼は膝の上で目を閉じる玉響の背中を優しく撫でる。

浅い呼吸を繰り返す玉響を見下ろしながら、先生はすっと目を細めた。そして、撫でる手を止め、緩やかな鼓動を感じるように彼女の身体へと静かに手を添える。

「きみは私と一緒におって、ほんまに幸せやったんかな」

玉響の耳がぴくりと動いた。そしてうっすらと目を開く。

それを見て、彼は淡くほほえんだ。悲しむような、慈しむような、優しい表情だった。

「玉響、私はきみに出会えて幸せやったよ。君がいてくれたから、私はずっと豊かに生きてこられたんやと思う。ありがとう」

何度も繰り返し言葉を紡ぐ彼の声は、優しい子守唄のようにも聞こえる。その柔らかい音吐《おんと》を耳に、玉響は再び目を閉じる。

愛《め》でるように彼女の寝顔をしばらく眺めたあと、藤原先生はゆっくりと顔を上げた。その表情に、もう悲しみの色は滲んでいない。

「みなさん、今日はほんまにありがとうございました」

先生は私たちに向かって深々と頭を下げた。そして、かたわらに座り込む茜さんへと視線を流し、ぎこちなく笑いかける。

「茜もおおきに。きみが玉響を連れ出してくれへんかったら、今日こうやって彼女に会うこともなかったと思うから」

先生の穏やかな声とは裏腹に、茜さんはどこか悲しげな表情のまま小さく頷いた。

この後、先生は施設へと帰らなければならない。そのため、玉響とはまた別れることになるのだろう。しかし、親子関係をぎこちないものにしていた蟠りが緩やかに溶け始めたことで、彼らを隔てていた壁は取り払われたのだ。

たとえ外出という形であっても、いつでも会いに来ることができる。そうやって、彼らは残りの時間をゆっくりと穏やかに過ごしていくことになるのだろう。

藤原先生の願いは叶えられ、もう思い残すことは何もないはずだった。

庭の片隅で話を聞いていた壱弥さんが、ゆっくりと口を開いた。

「少しだけ、お話を伺ってもよろしいですか」

しんみりとした空気を断ち切る言葉に、その場の全員が壱弥さんへと視線を向けた。

彼はゆったりとした足取りで縁側へと歩いていく。

「まずは、立花さん。あなたは藤原先生が足を悪くして施設に入居したことをご存じではなかったんですよね」

立花さんは首肯する。

「そして藤原先生は、自分が施設で生活していることは茜さんを通して周囲に伝わっているものだと思い込んでいた。それは間違いありませんか？」

低く落ち着いた声で紡がれる台詞に、先生もまた首を縦にふる。

「ですが、その情報は茜さんが意図的に遮断し、周囲には伝えられていなかった。それがどうしてか、分かりますか？」

琥珀色に輝く壱弥さんの瞳は、真っ直ぐに先生を捉えている。

確か、その理由は茜さんの家を訪れた際に彼女が悪態をつくようにして私に言った。しかし今、その事実を突きつけることに何の意味があるというのだろうか。

私が抱く疑問を写すように、藤原先生もまた眉を寄せた。

「……もう、その話は済んだんです。これ以上、娘を咎める必要はありません」

その瞬間、壱弥さんがふっと口元を緩めた。

「咎める——ということは、やはり藤原先生は茜さんが疚《やま》しいことをしたと思ってはるんですよね。彼女の本当の想いも知らずに」

「えっ……？」

先生は目を見張る。

「もしも真実を明かさなければ、二人はこれからもすれ違ったままになると思うんです」

一度掛け違えた釦《ボタン》は、どれだけ繕ったとしても、全てを解かなければ綺麗に掛け直すことはできない。

「昨日、先生と話をした際に気が付いたんです」

それは、藤原先生の教え子でもある主計さんの話をしていた時のことであった。そこで彼は、「こんな情けない姿を教え子には見せられない」と話していたことを覚えている。

「茜さん……あなたは、先生の威厳を守ろうとしたんですよね」

彼のその言葉を聞いて、私はようやくその意味を理解した。

きっと、先生は無意識に障害を嘆く言葉を零していたのだろう。

彼は私立大学で上代日本文学を教えていた教授で、学生たちからの信望も厚く、多くの人に慕われていたそうだ。

それなのに足が不自由になり、今では満足に歩くことすらも出来ず、誰かの手を借りなければ日常生活を送ることすらもままならない身体になってしまった。それが、どれだけ彼の自尊心を傷つけるものであったのか。

茜さんは、紡がれる言葉の端々から痛いほど感じていたのだろう。

教授として社会的地位を持っていた父だからこそ、自立できなくなった姿は人に見られたくないのではないか。誰かの手を借りるために、施設に入ったことは知られたくないのではないか。そう思った。

ゆえに、彼女はかつての威厳を守るために、本当のことを隠してしまったのだ。

壱弥さんは藤原先生へと視線を移す。

「茜さんの行動は全て、父親であるあなたを想ってのことやったんです」

「……そしたらなんで茜は私のためやって、はっきり言わへんかったんですか」

「それは、お二人がそれぞれに互いを誤解していたからやと思います」

ずっと俯いていた茜さんが、静かに顔を上げた。

壱弥さんは言葉を続けていく。

「先生が娘は自分のことを嫌ってるもんやと思っていたように、茜さんもまた、父が自分を娘やとは思ってへんもんやって、思い込んでたんやないでしょうか」

二人が、それぞれにはっとしたのが分かった。

「でもそれは間違いやったんです。それやのに、お互いが嫌われている、恨まれていると信じ込んでいたことで、少しずつ想いがずれていってしまったんでしょう」

それが掛け違えた最初の釦だった。

ぼんやりと壱弥さんを見つめていた茜さんの瞳から、はらりと涙が零れ落ちる。

「じゃあ、お父さんは私のこと恨んでへんってこと……？」

「恨んでるって、私が茜のことを……？　そんなわけないやろ」

先生は彼女の言葉をはっきりと否定した。そして、揺れる視線を手元に落とす。

「むしろ、恨まれるのは私の方や。母さんを死なせてしまったんやから」

「そんなん、昔のことや……」

そう、掛け違えた釦をひとつずつ解いていくように、二人は互いの心を確かめていく。

私はずっと、玉響の和歌に込めた願いを叶えることが、彼らの心にかかった靄を晴らす唯一の手段だとばかり思っていた。しかし、秘めた想いはそれだけではなかった。

壱弥さんが見つけ出した大切なもの——それは、失った親子の絆だったのだろう。

彼が、本当に大切なものを見つけてくれる探偵だと謳われる理由はここにある。

○

街全体を包み込む陽光が、とても優しい色に染まっている。

春瀬家の前で貴壱さん親子と別れ、私たちはゆっくりと探偵事務所を目指していた。

真っ赤な自転車を押しながらトンネルを抜けた私は暗くなり始める東の空を背に顔を上げる。その瞬間、温い風が私の髪を撫でるように吹き抜けていった。

私は隣を歩く壱弥さんの横顔に目を向ける。

ふと、何か大切なことを思い出したような気がしたのだ。

「壱弥さん」

彼の名を呼ぶと、淡い琥珀色の瞳が私を一瞥《いちべつ》した。その表情を窺いながら、私はゆっくりと問いかける。

「ずっと気になってたんですけど……あの時、立花さんにもらった写真って、何が写ってたんか聞いてもいいですか？」

彼は、ぴたりと足を止めた。

そして、すぐに手帳に挟んでいたそれを摘まみ出す。

少しくすんだセピア色の紙。それは、ずっと長い時間を経てここに巡ってきたものであることを示している。

あの時、ひどく表情を強張らせた彼の様子や、立花さんの零した弔いの言葉からも、そこに何が写されているのかはおおよその見当がついていた。それでも、私は自身の鼓動が速くなっていくのを感じていた。

ゆっくりと息を継ぎながら、褪せた写真を覗き込む。

そこに写っていたのは、三十歳前後の若い男女の姿だった。整った凛々しい面立ちの男性が、淡い茶髪の綺麗な女性にほほえみかけている。

それは、何気ない日常を切り取っただけの、本当に素朴な写真だった。

季節は夏なのだろうか。彼らの後ろには、鮮やかな百日紅の花が咲いていた。

「この人たちってもしかして……」

「あぁ、俺の両親やで」

そう、彼はひんやりとした声音で言った。

つまり、この写真が切り取った日常は、今はもうどこにもない。

そのまましばらく押し黙ったあと、彼はもう一度私の顔を見やった。その表情はどこか苦しげだった。

「——火事が原因やったらしい。両親が亡くなったんは俺が八歳になる年のことで、べつに物心が付く前ってわけじゃない。それやのに、俺はその火事の前後のことだけは、一切を忘れてしまってて」

まるで自身を呪っているかのように、低く唸るような声で話す。

幼少期の記憶はとても曖昧で、不完全なことが多い。それでも、両親を失ったという出来事は、本来であれば記憶の中に鮮烈な印象を残しているはずだ。

しかし、そんな鮮烈な出来事でさえも、彼の記憶の中からは焼け落ちた家とともに一切が失われてしまっているのだ。

つまりそれは、あまりにも強いショックによって、事故に関する記憶が選択的に消去されてしまったということなのだろう。思い出すたびに傷ついてしまわないよう、自己防衛を図るように。

俯く彼に、私はもう一度問いかける。

「じゃあ、生まれ育った家のことはあまりおぼえてないんですか……？」

「そうやな」

また、壱弥さんは苦い表情をみせた。

「前に、兵庫の伯父母に引き取られるまでの間、匡一朗さんには世話になったたって言うたやろ。あとから聞いた話やけど、その時にちょっとの間だけ、今おまえが住んでる北白川の家に住まわせてもらってたらしいんや」

祖父は兄弟の心の傷を少しでも癒すことができるよう、北白川にある自宅と今の事務所を何度も往復していたそうだ。

決して彼らをふたりぼっちにすることのないように、祖父は二人に色んな話を聞かせ、色んな本を読み聞かせ続けた。

だから今が在る。

「でも、その話を聞いた時、俺はそのことすらも綺麗に忘れてしまってた。ほんまに最低やと思う。……でも、こうやって事務所に身を置かせてもらってから、匡一朗さんの遺した本を眺めてると、まれにその当時のことを思い出す瞬間があってな……」

だから、彼はいつもあの書斎でぼんやりとしていたのだ。

失った記憶のかけらを探し求めるように、祖父の遺した本に触れることで、大切な記憶を取り戻そうとしていたのだ。

壱弥さんは私から受け取った写真を手帳の間に忍ばせる。

私は思った。

「それって、嫌なことも思い出してしまうかもしれへんのですよね」

「あぁ」

吐息を零すように、彼は首肯する。

「……それでも、やっぱり両親のことも、一緒に過ごした思い出の場所も、俺はちゃんと記憶に留めておきたいと思う。そうやないと、いずれ、あの人たちが生きてた証がなくなってしまう気がするから」

夕空を見上げる壱弥さんの目は、微かに潤みを帯びているようにも見えた。ただそれもたまゆらのことで、次の瞬間には元の精悍な表情を取り戻している。

壱弥さんは記憶を辿る時のように、ゆっくりと目を閉じる。

その時、私はようやく気が付いた。

大切な記憶、思い出の場所――それを失った原因が火事なのであれば、同時にあらゆるものが焼失し、両親の形見でさえも本当に何も残っていないのだと。

だとすると、彼らを繋ぐものは記憶だけなのだ。

壱弥さんは静かに目を開く。そして、柔らかい視線を私に流した。

「……変な話聞かせて悪かったな」

私は大きく首をふった。

大切な記憶がない、というのはいったいどんな感覚なのだろう。

頭では大切なものだと分かっているのに、その実体を掴むことができない、ぽっかりと穴が空いたような喪失感を抱えているのかもしれない。

私にとっての大切な場所は、優しい思い出が残る祖父の法律事務所だった。その大切な場所は、今では壱弥さんが引き継ぎ、守ってくれている。

ふと、父の言葉が蘇った。

壱弥さんがあそこに住んでいるのは祖父の我儘《わがまま》で、彼にとっては不本意なこと――。

考えてみれば、彼が祖父の事務所を継いだこと自体がとても不自然なことで、その理由は考えてみてもよく分からないことばかりだった。

ただ、幼い頃からの縁もあって、壱弥さんにとってもあの事務所は大切な場所のひとつなのかもしれない。それでも、たったそれだけの理由で、膨大な仕事を抱えていた祖父に代わって、事務所を継ごうと思うものなのだろうか。

もしかすると、本当に祖父の我儘なお願いで、彼があの場所に留まってくれているだけなのかもしれない。

壱弥さんが私の顔を見て、ぎょっとした。

「どうしたん。なんで泣きそうなんや」

「……違うんです」

「なにが違うねん」

壱弥さんを困らせるつもりではない。私はゆっくりと、心の蟠《わだかま》りを言葉に変えていく。

「……壱弥さんが、あの事務所で探偵をしてるんは、お祖父ちゃんにお願いされたからなんですか？」

神宮道に差しかかったところで、壱弥さんは立ち止まった。

「それは、俺が嫌々あそこに留まってるんじゃないかって意味か？」

私はこくりと頭を縦にふる。

「それは違う。俺が探偵をしてるんも、あの事務所にいるんも、全部自分の意思や」

壱弥さんは私を真っ直ぐに見やった。

「おまえも、俺が匡一朗さんのところで一緒に働かせてもらってたんは知ってるやろ？」

優しい声で問いかける。

「その時、匡一朗さんの姿を間近で見て、俺も誰かの心を救う仕事ができたらって思うようになったんやで」

それで、壱弥さんは祖父のそばに身を置きながら探偵を目指したのだという。

祖父が依頼者の心を汲んでくれる弁護士であると言われたように、今、彼もあの場所で依頼者の心を救っている。

それが、彼の返答だった。

「事務所を継いでほしいって言われたんは確かやけど、絶対に嫌々ではないし、彼が俺に事務所を託したのにもちゃんとした理由がある」

人の心がそうであるように、形のないものはひどく移ろいやすい。ゆえに、祖父は自分の死後、築き上げた志や想いが薄れてしまうことをひどく恐れた。

私が祖父を尊敬し、祖父のようになりたいという心が失われることも危ぶんだ。

事務所が閉ざされたままになってしまったら、次第に私も足を運ばなくなって、大切な思い出さえも緩やかに失われていく。

だから祖父は願った。

心を継いだ壱弥さんによって、この場所がずっと温かさで溢れているように、と。

事務所の門を潜る直前、壱弥さんはふわりとふり返った。

そして、足を止めていた私に向かって静かに告げる。

「そういえば、この前に読んだ『万葉集』あるやろ。覚えてへんかもしれへんけど、多分俺が高校生やった頃、ナラに読んであげたことあるんやで」

その声はいつもより柔らかい。直後、幼い頃の記憶が溢れる泉のように鮮明に蘇った。

涼しい風が吹き込む窓辺で、柔らかく響く音吐。

さらりと靡く淡い茶色の髪。

私の頭を撫でる、温かい大きな手。

煌めく琥珀色の瞳。

その記憶と重なって、斜陽に光る彼の長い睫毛の目が、静かに瞬きをする。

「覚えてます。いえ、今はっきりと思い出しました」

壱弥さんはほほえんだ。

きっと彼は、私の物心がつくよりもずっと昔から、この場所を大切に思ってくれていたのだろう。

だからこそ、彼が高校生になって再びこの地に戻ってきた時、真っ先に祖父に会いに来てくれたのだ。どこか懐かしいと感じた、甘くて優しい素朴な味のクッキーを手土産に。

私は無意識に零れ落ちる涙をぬぐい取る。

「お祖父ちゃんの事務所を継いでくれたんが壱弥さんで良かったです」

そう、小さな声で壱弥さんに告げると、彼はふっと表情を綻ばせた。

「ナラもたまには可愛いこと言うんやな」

「……それ、どういう意味ですか」

「そのまんまや。昔は可愛かったんやで。会うたびに本読んでって俺にくっついてきて」

壱弥さんはいつもと同じ意地悪な表情でにんまりと笑うと、私の頭をくしゃくしゃと撫で、足早に門を潜る。その突拍子もない行動に、私は頬が熱くなるのを感じた。

その赤く染まる頬を誤魔化すように夕空を見上げたあと、私は彼の背中を追いかける。

「ただいま」

そう呟くと、壱弥さんは事務所の扉を軽やかに開けた。

私たちの大切な場所は、これからも変わらず温かい心で溢れている。

あとがき

このたびは本書をお手に取っていただき、誠にありがとうございます。

はじめまして、泉坂光輝《いずみさかみつき》と申します。

本作は、数年前に人生で初めて書いた小説らしきもの『神宮道とエフェメラル』をリライトしたものになります。小説を書き始めたきっかけは、高校生だった頃「何か漫画っぽいものを描いてみたい」と思い立って練り上げた設定（ただし、漫画は描いていない）を何かに活かせないものか……と、数年前に考えた末のことでした。学生時代、国語が至極苦手でいつも通知表は「3」だったわたしが、まさか小説家としてデビューし、処女作を書籍として世に送り出すなどとは誰も想像していなかったことでしょう。

そして、お声かけいただいたタイミングも運命的で、「そろそろ公募に挑戦してみようかしら……？」と、エフェメラルの改稿企画書を練り始めた頃でした。これを運命と呼ばずして、何を運命と申すのでしょうか。

よく、泉坂作品には「残念なイケメンが多い」と指摘をいただくのですが、まさにその通りだと自覚しております。少し離れたところから見れば完璧なイケメンなのですが、近づいて触れてみれば中身は血肉の通ったごく普通のひと。無為な話だってするし、くだらないことで笑ったり怒ったりもするし、きっと近所のスーパーで買い物だってするし、嫌いなもののひとつやふたつだってある。そんな人間味のある、京都の街のどこかに住んでいてもおかしくないような庶民的なキャラクターが好きなのです。

そして、他は最高なのにある一点だけは絶望的に駄目なイケメンも大好き。本作では春瀬兄弟がその代表にあたり、主人公である壱弥に関してはその要素を極端化した結果とも言えるのかもしれません。貴壱や士計はまだ「あのひとって、かっこええんやけどちょっと残念やんな……」くらいの軽傷で済んでいるものと思っております。

え、違う？　いえ、軽傷です。……ここは言い切っておきます。

願わくは、本作を通して京都と残念なイケメンを愛する同志が増え、いつか京都で残念なイケメンについて語る会が開催せんことを。

最後に、本書を出版するにあたって、多方面の方々よりひとかたならずご尽力を賜りました。つきましては、かかわってくださった皆様、読者の皆様、わたしと本書を彩るすべてのご縁に最大級の感謝を申し上げます。

二〇二〇年　桜の時分、うららかな京都《みやこ》にて　泉坂光輝

ことのは文庫

神宮道《じんぐうみち》西《にし》入《い》ル
謎《なぞ》解《と》き京都《みやこ》のエフェメラル

2020年4月23日　初版発行

著者　泉《いずみ》坂《さか》光《みつ》輝《き》
発行人　武内静夫
編集　佐藤　理
印刷所　株式会社廣済堂
発行　株式会社マイクロマガジン社
URL：http://micromagazine.net/
〒104-0041
東京都中央区新富1-3-7 ヨドコウビル
TEL.03-3206-1641 FAX.03-3551-1208（販売部）
TEL.03-3551-9563 FAX.03-3297-0180（編集部）

本書は、小説投稿サイト「エブリスタ」（http://estar.jp/）に掲載されていた作品を、加筆・修正の上、書籍化したものです。
定価はカバーに印刷されています。

ISBN978-4-86716-002-2　C0193